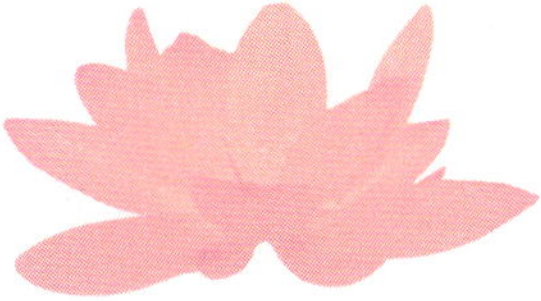

40代お年頃女子のがんばらない贅沢な

まえがき――40代は「疲れた……」って、言っちゃいけないの？

四十代は疲れ知らず？

二〇一二年に刊行した『40代♥大人女子のための〝お年頃〟読本』（アスペクト刊）のヒットで、ふだん私の本を読まない方にまで、本を読んでいただけるようになりました。これは大変うれしく、ありがたいことでもあるのですが、そのせいか、読者からメールもいただきました。

〝たまたま〟、その本を読むことになったその方は、本文中にあまりにも「疲れる」という表現が出てきたので、正直気分が萎《な》えた。自分も含め、自分の周りには四十代でも元気な人しかいないので、四十代女性は疲れていない、と主張するのです。まぁ作者の主観だから仕方ないですが、とも。

いいえ、私も今年五十の大台にのった割には、驚くほど元気だと言われています。でもそれは、早寝早起きと健康的な食生活、適度な運動と気分転換、以前の三分の一ほどの仕事というバランスだからこそ、人前では元気でいられるだけ。

そんな私でも夕方には疲れを実感するのだから、世の四十代女性はどんだけ疲れているのかと想像すると、本音で本を書かずにはいられないのですよ。

たとえば私が、「年をとっても疲れ知らず！　いつまでも若く、美しく！」なんて本を書いたら、本当に疲れて、自分の加齢や容色の衰えを気にしている人は、もっと落ち込むんじゃないでしょうか。

確かに、昨今の美魔女《びまじょ》と呼ばれる四十代女性たちは美しいと思います。君島十和子《きみじまとわこ》さんに至っては、本当に、「枯れない花って存在するんだな」と感嘆してしまいます。でも、もともとの美貌レベルが一般人とはかけ離れているし、それを維持する経済力も才能もあるからだと思うのです。

そういう人はスーパーウーマンなので、

「よい子のみなさんは真似しないでくださいね♡」

という世界なのではないでしょうか。

その、メールをくださった方が、どんだけ元気で素晴らしいか知りませんが、もしそれで本当に幸せだったら、私ごときにメールを書こうなんて気にもならないのではないでしょうか。毎日を忙しく、それなりに楽しく暮らしていたら、そんな余裕もないですしね。

40代は「疲れた……」って、言っちゃいけないの？

華麗なる加齢話に花が咲く

二子玉川の東急セミナーBEで講演をしたとき、四十代から五十代の女性たちが集まってくれました。みなさん、元気でかわいらしく、にこやかで、それなりに美しく、楽しそうに私の話を聞いてくれました。

でも、私は決して、自慢話をしたわけではありませんよ。それよりもむしろ、こんなに疲れる、忘れる、覚えられない、という華麗なる加齢現象のお話をしたわけです。すると、みなさんドッと笑ってくれるんです。お友達同士でいらっしゃった方は、顔を見合わせて笑っていました。

私の芸風も、だんだん綾小路《あやのこうじ》きみまろみたいになってきたなぁと、我ながらほくそ笑みました。ふだんはお友達にも家族にも言えないことだけど、共感するからこそ、笑いが出るのではないでしょうか。

講演が終わった後、

「こんなに頑張らなくていいんですね」

「ゆるく生きられるように頑張ります」

という感想をいただきました。

ゆるく生きるにも頑張らねばならないのですから、みなさんの勤勉さたるや相当のものです（笑）。

私たちは、まだ古い親から厳しく躾《しつ》けられ、男女雇用機会均等法が施行された頃に大学を卒業。男女平等と女性の自立を目指して頑張ってきた世代です。だから、力を抜く、頑張らない、弱音を吐く、ということが本当に苦手なのです。でも、それを覚えていかないと、四十代以降はつらくなるだけです。

加齢は、どんな人のもとにもやってきます。そして、四十代からはホルモンバランスが悪くなるお年頃です。閉経に向かい、老年期にソフトランディングしていくための十年間なので、ここで無理をすると、心身を壊してしまう可能性が非常に高くなります。

そうならず、この、嵐のような十年間を無事に過ごし、加齢も自然の変化として受け入れられるようになると、気分的にも軽く、逆に若返る可能性だって出てくるのです。

「ほどほど」にいこう！

私も四十代前半に頑張りすぎで体調を崩し、一瞬老け込みそうになりました。その後、日々の運動量を増やし、休むことを知り、考えすぎないようにしたおかげで、今はマイナス十五歳肌を保っています。十歳の娘にも、「カーチャンはナチュラルで三十代後半に見える」と称賛されるほどです（笑）。

それでも、中身は五十ですから、東横線が副都心線とつながったときは、正直、慣れ親しんだ渋谷の駅で迷いました。駅員さんに方角を聞いたぐらいです。私と同じように、「ここはどこ？　私は誰？」状態になっている中高年の方々がまるで「不思議の国のアリス」みたいで、微笑ましかったのを覚えています。

自分が頑張りすぎて疲れている人は、頑張らない人が嫌いです。だから、文句を言いたくなるのですよ。でも、頑張ってないように見える人だって、その人的には精一杯頑張って生きているのです。体力的な個人差も、精神力の強い弱いもありますからね。スゴイ人の真似をして心身壊してしまっても、誰も助けちゃあくれません。

だから、自分の加齢や更年期症状としっかり向き合って、対処していくのですよ。疲れを無視して頑張らないで、そこで休んであげれば、翌朝はまた元気になれます。ホルモンバランスが悪いせいで不安になることもあるし、いじけることだってあるかもしれません。

でも、ありのままの自分を受け入れ、癒してあげられれば、今日もまたごはんが美味《おい》しい、天気がいいねと、小さな幸せをしっかり味わって生きていくことができるのです。

この本では、お年頃のセルフヒーリング術を書き散らかしながら、頑張りすぎてるアナタを不愉快に、いや、お楽にして差し上げたいと思います♡

横《よこ》森《もり》理《り》香《か》

目次

まえがき　40代は「疲れた……」って、言っちゃいけないの？
❖四十代は疲れ知らず？　I
❖華麗なる加齢話に花が咲く　3
❖「ほどほど」にいこう！　4

第I章　40代はオバサンの分岐点？

I　オバサンになる人、ならない人。その違いはどこ？
❖「若さ」の個人差が顕著に表れるのが四十代　20
❖四十代の無理なダイエットはシワのもと　21
❖「どうでもいいや」と思ったときが、オバサンのはじまり　23

2　独身でも麗《うるわ》しい人、結婚していても「？」な人

❖「女性性」レベルは人それぞれ 25
❖外に出る機会が多い人ほど若々しい 27
❖「こうあるべき」という価値観を捨ててみよう 28

3 「ありのままの自分」を認めると若返る?
❖「夕方五時、テレビの前の晩酌」が幸せ♡ 31
❖朝はばっちり、夕方はゆっくり贅沢に 33
❖年をとることがなぜいけないの!? 34

4 自分だけの時間を持って、思いっきり楽しもう
❖いつもの役割からちょっと自分を解放してみて! 36
❖おしゃべりとボディワークの相乗効果でリフレッシュ 38

5 「ババシャツを着るか着ないか」それが問題である!
❖楽だからってオバーンな下着を平気で着られる? 41
❖それでも女は捨てられない! 43

6 お口のケアを疎《おろそ》かにしては、美魔女《びまじょ》も台無し
❖口臭も気になるお年頃女子は「歯が命」 46

❖自然なホワイトニングを心がけて！ 48
❖オーラルケアは、四十代からでも遅くない 49
7 「死ぬまで現役バリバリの女でいたい」はファンタジー!?
❖まっこと正直！ 杉田かおるの言い分 51
❖女の幸せな自立って何なのでしょう？ 52
❖自分の中の「女性性」を愉しもう 54

第2章 お年頃女子の〝自分敬老〟初め

1 好きなことでも疲れるのが、四十代の性《さが》
❖「好きなことは疲れない」三十代だったけれど…… 58
❖「気のせい」にしてると老け込んじゃう？ 60
❖楽に勝る贅沢なし！ 61
2 まだまだ「乾いた女」にはなりたくない！
❖四十代だからこそ、髪を伸ばして女度UP♡ 63
❖「女性性」を謳歌することが、人生の救世主になる 65

3 プライドを捨て、自然な加齢を心地よく受け入れよう
❖老いてもなお美を惜しまない女性たち 68
❖男性だって「疲れたオジサン」になっていく 70
❖四十代の恋愛はますます現実主義に 71

4 人生後半はノーサイド主義！
❖敵味方なく、みんなで楽しもう！ 73
❖お年頃女子の「共感力」は幸せを運んでくれる 74
❖いい女は〝ほど〟を知り、引き際を心得る 76

5 すっぴんDAYは自分にとって最高の贅沢！
❖すっぴんで過ごすOFFの日を作ろう 78
❖「ダメな自分」もエンジョイしよう 81

6 黒ばかり着ないで、たまには派手に着飾ってみよう
❖モノトーンがオシャレだと思ってたけど…… 83
❖四十代は発色のいい色を着こなそう 84
❖すべては自分が元気になるための魔法 86

7 スキンシップは〝2WAY〟マッサージで♡
❖ スキンシップ不毛大国ニッポン！ 88
❖ 一人でぐっすり寝て、疲れをとったほうがまし？ 90
❖ タッチとスキンシップで二人の癒し時間を作ろう 92

8 年齢層の高いお店に行こう！
❖ 「久しぶりの若いお客様」として喜ばれる 94
❖ プロに甘えることもOKとしよう 96
❖ 四十代のセルフケアはまさに〝敬老初め〟 98

第3章 体調変化と気分を大切に♡

1 何事も、無理は不幸のはじまり
❖ 四十代は健康管理が一番大事 102
❖ やる気の出ないときはトコトン楽に贅沢しよう 104

2 頑張らないほうがましなこともある
❖ 四十代後半で車の運転やめました 107

❖ 気分に正直に、「わがまま」になっていい 109

3 ホルモン変動の嵐をこうやりすごせ
❖ 更年期はまるでロンドンのお天気のような状態 112
❖ 楽しいことだけを考えて、嫌なことは考えない 114

4 お年頃女子はズボラなくらいがちょうどいい
❖ 若い頃のこだわりがなくなってきた？ 117
❖ 人生は自分次第、方法論は関係なし 118
❖ ご機嫌な人ほど、人生を楽しめる 121

5 体調のいいときに一気に勝負を決めよう
❖ 疲れているときは無理に決断しないで 122
❖ 早寝早起きで体調をＵＰさせよう 124
❖ 手抜きも日々の贅沢のうち！ 125

6 常識的になったら、オバサン化のはじまり？
❖ 文句ばかりの人生じゃつまらない！ 127
❖ 楽しいことには想像以上の健康効果も！ 128

❖ 何でもいいから小さなことからはじめてみよう 130
7 贅沢は〝気分料〟と思おう
❖ 少しの贅沢と楽がベストの自分を作ってくれる 132
❖ 損得より気分を最優先にして体調UP！ 134
❖ いいエネルギーを積極的に取り込もう 135

第4章 いつまでも「女」でいつづけたいアナタへ

1 だからって矯正下着はイタくない？
❖ 美容外科に走りそうになった四十代前半 140
❖ 「ふくよか」くらいが女らしくなるお年頃 142
2 楽で女らしい服装でほどほどのオシャレを
❖ 「女装」しないと女らしく見えなくなる？ 145
❖ 「楽で優雅なワンピース」は試す価値あり 146
❖ 足元、エコおばさんになってない？ 148
3 香りマジックでお年頃女子力UP！

❖四十代からは女らしい甘い香りで♡ 150
❖香水の出番は加齢臭が出てからこそ！ 152

4 ちゃらちゃら&キラキラが身支度のコツ
❖男も女もやっぱり綺麗な人が好き 156
❖「光のマジック」を使わない手はない！ 157
❖色気の演出はプチ女らしさ♡ 159

5 自分を優しくお姫様扱いしてあげよう
❖本音は「周りから優しくされたい」お年頃 161
❖幸せオーラをまといたいなら聖子ちゃんを聴きなさい！ 163
❖奢ってばかりじゃ、きっぷのいい男になっちゃう!? 164

6 女形《おやま》気分で女らしい所作を楽しもう！
❖年をとることは楽しみの幅が広がるということ 167
❖四十代からは「女優魂」でいこう 169
❖「枯れない花」ほど怖いものはない！ 171

7 腐っても鯛！ アガっても女！

❖ 四十代のセックスレスは当たり前 173
❖ リスクを冒すよりは、妄想力を上げて♡ 175

第5章 人生に潤いを与えるちょっとしたコツ

1 更年期のネガティブな感情は断捨離《だんしゃり》しちゃおう 180
❖ 抗うつ剤に頼るより、適度な飲酒のほうがまし！ 182
❖ お酒が飲めない人はカフェインを減らして 183
❖ 時には現実逃避も必要悪 183
2 ご機嫌主義でいけば、毎日がハッピー
❖ あきらめると明らかになることがある 185
❖ 「焦らない、頑張らない、無理をしない」をうたい文句に 188
3 隙間ヒーリングで、心にも潤いを
❖ 爪や手肌のケアで女心を満たして 190
❖ お風呂で全身簡単セルフケアのススメ 193
4 食はあれこれ試して、美味《おい》しく楽しく！

❖お年頃女子はタンパク質とビタミンBが必須　195
❖潤い成分のある食事でさらにリラックス　197
❖食養生は「飽きたらやめる」くらいの気軽さで楽しんで　198

5　「子どもよりも自分が大事」と思ってもいい
❖誰もやりたくないことをあえてやる必要はなし　201
❖子どものためにも自分を守って！　203
❖自分がご機嫌になれる場に身を置こう　204

6　自分が一番のヒーリングドクターである
❖ハーブティで「癒しタイム」を作ろう　206
❖自分好みのエッセンシャルオイルでイライラも解消！　208

7　「今、この瞬間」を寿《ことほ》ぐことが幸せに生きる極意
❖人の価値は「その人らしさ」にある　211
❖年をとれば誰でも「味わい」のある人になっている　213
❖今この瞬間は、神様からのプレゼント！　215

あとがき　40代はうまく年をとっていくための10年間　217

40代お年頃女子のがんばらない贅沢《ぜいたく》な生き方

横森理香

さくら舎

第Ⅰ章
40代はオバサンの分岐点？

Ⅰ オバサンになる人、ならない人。その違いはどこ？

「若さ」の個人差が顕著に表れるのが四十代

四十代でドッと老け込む人と、あまり変わらない人、逆に若返る人がいます。若々しさというものの個人差が顕著に表れるのが、四十代です。

ドッと老け込む人は、体を壊したりしています。こういうことを言うと、病気になった人は不可抗力なのだから可哀想、と思われる方が多いと思います。が、たいていは生活習慣病で、心と体のセルフケアができていれば大丈夫なケースが多いのです。

心身を本当に壊してしまった方は、まずそこまで自分自身を追い込んでしまった自分、というものを変えることで、病気は治っていくと思います。

私も三十三のとき、子宮筋腫《しきゅうきんしゅ》が発覚し、その自然治癒のためいろいろな運動やダンスをはじめました。運動オンチの私がこの年まで元気でいられるのは、そのためなのです。

あのまま、座り続け書き続けていたら、子宮筋腫のみならず肥満と生活習慣病で、もしかしたらすでにこの世を去っていたかもしれません。そうならずとも、今のように健《すこ》やかな毎日は送れていなかったでしょう。

そして、四十代後半からは加齢に対抗すべく運動量を増やしたこともあり、長いつきあいでたまに会う人からは、「会うたび若返っている……」と驚かれるぐらいです。

加齢現象は、誰のもとにもやってきます。三十代からは代謝が落ち、四十代ともなると、末端から体が固まってきます。日々のストレッチや適度な運動なくしては、故障も起こりやすくなり、病気でなくとも、痛みやコリなどの不定愁訴《ふていしゅうそ》が表れてきます。それをなくしていつまでも若々しくいるためには、いやでも運動しかないんですね。

それに運動をしないと、姿勢も悪くなってきてしまいます。疲れると、ついつい猫背でふぅー、と、座り込みたくなってしまいますよね？　でもその姿勢を続けていると、ますます自分の姿勢を支える腹筋がゆるみ、肩や背中、腰に負担がかかって凝ってくるのです。腰痛の原因も、実はコアな腹筋の弱さからきていると言われています。

四十代の無理なダイエットはシワのもと

また、四十代になると代謝も落ちてきて、それまでどおりの食生活をしていると、途端に太ってしまいがちです。でも、無理なダイエットは体調を崩し、シワのもとになるので、若い頃のようなダイエットでは逆効果。ちゃんと栄養のある美味《おい》しいものを食べて運動をし、肌のゴールデンタイムと言われる夜十時から二時の間は熟睡しているようにしないと、どんどん老け込んでしまうのです。

夜十時からの四時間は、ホルモンバランスも整い、自然治癒力が最も盛んな時間とも言われているので、疲労回復力も高まります。この時間帯に寝ているだけで、疲れにくく、太りにくく、痩せやすい体もできるというわけです。

早寝早起きは、自分の決意とちょっとの努力だけでできることなので、お金もかかりません。逆に、夜中に電気を使わないので経済的ですらあるのです。

「でも、私は夜型だから」と思ったそこのアナタ!

私も三十代前半まで夜型でしたよ! それもハンパじゃない昼夜逆転生活をしていました。そしてその頃は、太って痩せられないため痩身《そうしん》エステに大金をつぎ込み、高い美容液やリフトアップジェルを全身に塗りたくっていました。

それでも体調の悪さと容色の悩みは尽きず、エステティシャンやヒーラー、マッサージさんや治療家に頼り切っていたのです。そこから抜け出せたのは、自分で自分をメンテナンスするライフスタイルに変えたから。

その基本は早寝早起きと健康的な食生活、そして運動です。

「ええ〜、でも、私、運動だけは本当に嫌いで……」と思ったそこのアナタ!

私だって嫌いです。だから、楽しく続けられるヨガ、ピラティス、ベリーダンスしかできないのですよ。

それも、どれも〝なーんちゃって〟です。

でも、続けさえすれば、気分も心もスッキリし、必要な筋力と柔軟性は保てるので、ドッと老け込むことなく、ついに五十の大台にも乗れるようになったのです。

運動は、それぞれ好きなものをやればいいのですが、重要なのは続けることです。三日坊主でやめてしまったり、やりすぎて故障を起こしてしまっては元も子もありません。

ゆるゆるとゆるーいペースでほぼ毎日、たらたら一生続けられることをするのですよ。おうちでできる簡単なストレッチでも、毎日している人は、していない人よりずっと若々しい。それが顕著に表れるのが四十代なのです。


「どうでもいいや」と思ったときが、オバサンのはじまり

また四十代は、いろんなことがどうでもよくなっちゃう年代でもあります。見方によっては「肩の力が抜けて丸くなる」という、いい年のとり方ですが、こと容姿に関しては、どうでもよくなっちゃうと一気にオバサン化してしまう危険性をはらんでいます。

白髪も、染めるのが面倒になっちゃうと、そのまんまです。そのまんまでも、まぁいいっちゃいいんですが、それを目にした友人、家族はちょっと寂しい気分になります。

また、顔や気はまだ若いのが四十代ですから、白髪は似合わない。私も、もう二週間にいっぺん染めなきゃならなくなった白髪が面倒でしようがないんですが、染めています。

髪の毛も、面倒だから短く切っちゃって、顔もすっぴんで爪も塗らずに開き直っちゃう人もいますが、それだと、男か女か見分けがつかなくなっちゃうのも、四十代なのです。

女性ホルモンが激減するお年頃ですので、自分でも「女装」の勢いで、より女らしく装い、女らしいボディラインを作り、女らしい所作を身につけないと、オバサンどころかオジサンになっちゃうんですよ。

無意識のうちにオバサン、オジサンになっている人も多いですが、女性の体を持って生まれたからには、死ぬまでそれを美しい状態に保ち、楽しみたいもの。ちょっと面倒かもしれませんが、それが図らずもセルフヒーリングとなり、心身の健康を保ったりしますからね。周りの人も幸せですよ。目に映るものはキョーレツですから。

オバサン、オジサンの域に片足突っ込んでからでも、十分返り咲けるのが四十代。あきらめないことです。

2 独身でも麗《うるわ》しい人、結婚していても「？」な人

「女性性」レベルは人それぞれ

私たち日本女性のＤＮＡの中には、ゆるぎない「結婚＝幸せ・安心」という価値観があります。これだけは、どんなに女性が進化し、知識や経験、生活力を身につけても、変わらないものなのかもしれません。

私のまわりには、四十代の素敵な独身女性がたくさんいます。そのほとんどは、素晴らしいキャリアと経験を持ち、知的でオシャレで強く優しく面白く、私が男だったら結婚したい、つまり一生をともにしたいような女性です。

そして、一生自分一人で十分楽しくやっていけるような経済力も体力も持っています。それでも、どこか不安で、ときに寂しく、誰かいい人がいたら結婚したいと思っているので、これはもうＤＮＡに刻まれているとしか思えません。

中には、好きな男の子種だけ取って、妊娠可能なうちに子どもだけ欲しい、旦那はいら

ん、という人もいますが、それは特殊な例です。

私の知る限りでは二人いて、一人は小さい頃からインターナショナルスクール出身で中身はほとんど外国人（仕事は外資系出版社経営）、もう一人は台湾人の大学教授です。ま、知力も経済力もそこまで行っちゃうと、そりゃ旦那はいらんわなぁと思いますが……。

私なんぞは中途半端に男に頼って生きているので、独身を貫き通してそこまで強く生きられないのですが、精神的には、彼女たちのほうと気が合うので、よくランチをしたり、たまに女子会などして盛り上がります。なんといっても自由で、話題が豊富ですからね。本音トークが爆発するので、面白いんです。

ママ友達とのおつきあいも、のほほーんとしていいのですが、ついつい夫の愚痴や、子どもの話になっちゃいますからね。ふだん苛《さいな》まれていることから、逃れて気晴らししたいのに、これでは元も子もありません。

そして、そうでない場合は、逆に夫や子どもの自慢大会になってしまうので、私には話すことがなくなってしまうのです。

専業主婦をやっているママ友は、当然のこととして母性を発揮しているので、私にはできないなぁと思うことも平気で忍耐強くやっています。それも楽しんでやっているので、女性性レベルは本当に個人差があるなぁと実感します。

外に出る機会が多い人ほど若々しい

それは自分の中の「女性像」の違い、といってもいいかもしれません。

良妻賢母を母に持つ人たちは、家族に献身する専業主婦が、自分の中の「女性像」なので、男女問わず女性とはそういうものだという価値観を持っています。

私たち世代はまだ母親が専業主婦だったケースが多いので、ほとんどの人はこのような価値観で生きているのではないでしょうか。まぁ、どういう専業主婦だったかにもよりますが、エリートの場合、母親も良妻賢母のケースが多いので、当然、自分も、または妻もそうあるべきと思うでしょう。

うちなんかの場合、両親は共働きだったので、私の女性像は「働く女性」です。だから、まったく仕事をしないで経済的にも一〇〇パーセント夫任せなんて、怖くてできないのです。うちは父親がくも膜下出血で中二の終わりに他界していますので、もしそうなったらという不安も払拭《ふっしょく》できません。

それと、外に出る機会がある人はオシャレをする、せざるを得ないので、いつまでも若々しくいられると思うのです。

私の母もそうでした。退職後もボランティア活動で人前に出ることをやめなかったため、オシャレもし続け、すい臓がんを発病するまで元気に活動していたのです。

だから、いつもきれいにネイルカラーをしていたし、いつもパリッとした格好をしていました。美容院にも頻繁に行っていたし、退職後も死ぬまで毛染めとお買い物をやめませんでした。

あまりにも元気だったので、たった数時間、孫の面倒を見たあと「疲れた……」と言ったときには驚きました。そのときは、本当に赤ちゃんの世話が嫌いなんだなぁと軽蔑《けいべつ》しましたが、年をとると人間、苦手なことは身に沁《し》みて疲れるから、させたほうが悪かったなと今では思えます。

母は産後三ヵ月から職場復帰していますが、保育園がなかった時代ですから、嫁に行っていない叔母が、私たち姉妹の面倒を見てくれました。その代わり、嫁入り支度は父と母がしてやったと豪語していましたから、私も自分の娘のベビーシッター代はもったいないと思えませんでした。

苦手なことをやるより、得意な人に任せて、自分は得意なことで稼いで、プロにお支払いしたほうがいいと思ったのです。

「こうあるべき」という価値観を捨ててみよう

女性に生まれたら、家族を持ったら、「こうあるべき」という価値観に苛まれていると、それに押し込まれて「自由」がなくなります。

それよりも、自分自身をよく観察して、どういう状態が一番幸せで、苦労がなく、楽しく生活できるかを模索するのですよ。それが、精神的若々しさを保つ秘訣ではないでしょうか。

映画『ライフ・オブ・パイ』*で印象的だったセリフが、主人公の父親の「宗教は人を閉じ込める檻《おり》だ」です。そのため、主人公はいろんな宗教を信じて究極、すべては原点がひとつであることを苛酷な体験から知るのですが、普通の生活をしている私たちにも、おんなじことが言えるのではないでしょうか。

「こうあるべき」という価値観は、ひとつの小さな宗教みたいなものです。

お父さんは外で働いて、お母さんは家にいて、という「幸せな家族像」も、極端な言い方をすれば旧来の事例に洗脳されているだけなんです。その型にはめられた個性的な人が、精神的な死を迎えていようと、形を重んずる人たちには関係ないですからね。

結婚して家族を持ち、心から幸せな人はそれが合っているんです。そうではなく、ウツとして不満だらけなのは、合っていないんですよ。

独身でも麗《うるわ》しく、楽しく生活している人は、合っているんです。年とともにうら寂しくなってきて、誰かいい人いないかなー、と思いはじめたら、独身生活は合っていないんです。

これは個人差なので、どっちが悪いとかいいとかではありません。

どちらにせよ、いつまでも若々しく、楽しく生活するには、自分という「個」を見つめ、自分に合っていることをすることです。何が合っているかわからない人は、これから探してみてください。四十代はまだ、「自分探し」が間に合う十年ですからね。

それが図らずも、「もっと楽に生きられる」道だったりしますから。

＊「ライフ・オブ・パイ」
ヤン・マーテルの『パイの物語』を原作とした映画。海難事故に遭い、救命ボートに生き残ったパイ少年とトラの不思議な漂流記。

3 「ありのままの自分」を認めると若返る？

「夕方五時、テレビの前の晩酌」が幸せ♡

『週刊朝日』で早寝早起きの特集が組まれ、私もインタビューされました。ラインナップが、三十代に見える五十代男性・南雲吉則《なぐもよしのり》先生と、私、哀川翔《あいかわしょう》さん、美魔女《びまじょ》の草間淑江《くさまよしえ》さんと続いたのには笑いました。まさに、セクシュアリティ的にも中立の私が二番目に来ていたのは正解！

そして、尊敬する南雲先生の次に私、というのも光栄でした。

南雲先生のご著書を拝見し、感銘を受けた私は、ゴボウ茶にしばらくはまっていましたからね。みかんまで皮ごと食べることはいまだにできていませんが、白菜を干して貝柱とスープにしたり、干しまくって白菜漬けまで作ってしまったりと、その冬は影響受けまくりました。

哀川翔さんが早寝早起きとは知りませんでしたが、そのインタビューを読み、ナチュラルに年をとっていることに好感を持ちました。なんせ朝早いので、夕方五時にはテレビの前の定位置で晩酌《ばんしゃく》だよ、というくだりに、大いなる共感を抱かずにはいられなかったのです。

私たちは、超人、偉人の話など聞きたくないですからね。ナポレオンは三時間しか寝ないでも平気だったなんて話聞いても、凡人の私たちに参考になるわけないじゃないですか。それができたら革命起こせますからね（笑）。

なんか夕方疲れるなぁと感じていたときに、哀川翔さんのインタビューを読み、「あ、そーか、もう五時にはテレビの前で晩酌していいんだ」と合点がいった私は、そうすることに決めたのです。

哀川さんはちょっと年上なので、先輩の体感は正しいと思います。

夕方、娘と待ち合わせをして帰宅したら、さっさと洗濯物を片づけ、夕飯の支度をして、五時にはテレビの前で晩酌です。娘は育ち盛りなのでおなかが空いていますから、ちゃんとここでごはんを食べてしまいますが、私はおかずをつまみながら一杯やるのです。

毎日の楽しみは、ＴＢＳチャンネル1でやっている『渡る世間は鬼ばかり』の再放送。リアルタイムでは見たことなく、今さらイチから見ているので、時代的にも懐かしく、ダサくていいんですよ。

この年になると、橋田壽賀子《はしだすがこ》ワールドがビビビときて、俳優陣も昭和な感じで嬉しいいんです。最近の流行にはついていけないトシになった私には、リラックスできるドラマなのです。私と一緒に見ている十歳女子はちと問題ですがね（笑）。

朝はばっちり、夕方はゆっくり贅沢に

五時に夕飯を済ませてしまうと、寝るまでに三時間はありますから、ダイエット的にもばっちぐー。消化が済んだ状態で寝ると、回復力も違います。

更年期の不眠が入っていて、夜中に目覚めてしまったとしても、熟睡感があるので、疲れはとれていますからね。翌朝にその日の疲れを持ち越すこともないのです。

頑張りすぎて老け込んでしまう人は、早寝早起きしているにもかかわらず、夜もぎりぎりまで頑張ってしまう人なのだと思います。朝が早かったら、夕方はヘロヘロで当然です。それまでの活動時間が違いますから。朝からばっちり活動したら、夕方五時は定位置でゆっくりしていいんですよ。それを、自分に許してください。

まだ三十代の頃、働きすぎで体を壊した先輩（男性）が、四十代で仕事を辞め、実家に帰ってからの生活を聞き、情けなくなったのを思い出しました。その先輩は、ほとんど何もせず、気分転換程度の仕事をして、実家と奥さんの世話になり、夕方五時にはワインを飲みながらケーブルテレビでイタリアのサッカー観戦をしていたのです。

かつては、有名男性誌の編集長にまで上りつめた憧れの先輩だったため、がっかりしましたが、今思うと、生き延びるためには賢い選択だったのです。病名はさだかではないのですが、たぶん男の更年期的なものだったのでしょう。

ここで頑張り続けて、決定的に体を壊しても死んでしまいますし、心を壊しても死んでしまいます。病気で死ぬのも、自殺するのも、無理がたたってのことですからね。生きていくためには、人に何と思われようと、自分が大丈夫なようにしてあげないといけません。情けなくたっていいんです。心身健康なことが、最重要課題ですから。

年をとることがなぜいけないの!?

家族や友人に年をとってもまだイケイケゴーゴーの人がいると、夕方五時に晩酌をしていたりすると「楽をしている。もっと頑張れるはず」と責められるかもしれません。

でも、冷静に観察すると、その方たちは、イケイケゴーゴーでいられるだけの楽を、どこかでしているのです。目に見えない生活的な作業から逃れ、目立つところで頑張っているのではありませんか？　目には見えない地味な労働をすべて受け持っていたら、夕方五時には無罪放免してもらわないと体が持ちません。

年齢的な衰えを実感し、大丈夫なように生活を変えていくのを「情けない」と感じ、老いてますますお盛んで……と言われたいがために頑張っている人は、そのぶん近しい人に迷惑をかけているのですよ。それに気がついていないことこそ、情けなくありませんか。

自分の年齢的な衰えを意識し、素直に認めるのは、情けないことでもいけないことでもなく、むしろ自然なことなのです。「疲れた」と言ってはいけないと思うのは、自分が加齢を認めない、年をとってもいつまでも若々しく、疲れ知らずで「あるべき」という檻の中に、自分や近しい人を閉じ込めてしまっているからです。

皮肉な話ですが、こういう人がオジサン、オバサンになっていくのです。紋切型《もんきりがた》の思考で、自由な発想をなくし、煙《けむ》たがられるオジサン、オバサンになっていく……。

そして、それを自覚もできないので、本当に恰好悪くなっていくのです。

三十代の頃、ムッシュかまやつとちょっとしたお友達だったのですが、当時五十代なかばの彼は、本当にカッコよかった。自分の加齢現象を笑い話にして、腰が痛い話や、老眼の話で笑わせてくれました。

「すっごいデッカイ字でさ、秘密のこと書く老人用の『噂の眞相』とかあったらいいのに」とか言っていましたからね。字、小さいと読めないから。

私も今、表示二〇〇パーセントにしてこの原稿書いています。暗いと読みづらいんだよね。しかも、生理前の早朝覚醒で夜中に原稿書いてます（笑）。

4 自分だけの時間を持って、思いっきり楽しもう

いつもの役割からちょっと自分を解放してみて！

会社勤めの人は会社が、家庭を持つ人は家庭が、生きがいでもありストレスでもあるのが四十代。

時間、お金、気力、体力のないないづくしでも、なんとか自分の時間を見つけてリフレッシュしないと疲れ切ってしまいます。

四十代なかばでつくった「シークレットロータス」*というコミュニティサロンが、今や私をはじめ四十代以降の女性の憩《いこ》いの場となっています。そこに行けば素《す》のままの自分に戻れる、家でも会社でもない、第二の家のような場所が必要なお年頃の私たち。いつもの役割だけで生きていたら、息が詰まってしまいますからね。

娘の小学部の卒業式があった日も、朝早くから家族で行動していて、休み時間がありませんでした。そういうイベント時になると、夫は張り切ってみんなでお出かけしたがるの

で、昼はお気に入りのお蕎麦屋さんで夜は焼き肉。そのあいだに六本木ヒルズにて娘のお買い物が入りました。

でも、私が講師をつとめる「ベリーダンス健康法」のクラスを午後三時半に入れていたので、中抜けすることができたのです。ちょっと早めにロータス入りして、無理して薄着（オシャレ）したせいでちょっと冷えていたので、足湯をしました。もと住んでいた場所なので最低限暮らせるだけのものは揃っていて、バイブレーション付き足湯器などもあるのです。

お風呂入っちゃおうかなぁと一瞬思いましたが、どうせ焼き肉臭くなるからそれは夜にとっておいて、足だけ温めてリラックス。好みのエッセンシャルオイル入りの手作りバスソルトを湯に入れて、指ヨガをしながら足湯をしました。

十五分ぐらい浸かったら、踵《かかと》の角質ケアをして、クリームで足マッサージ。ネイルも塗りなおしました。そうこうしているうちに生徒さんがいらっしゃったので、おしゃべりしながらストレッチボールに乗ってストレッチ。

その日の生徒さんは、四十代独身女性で、重役秘書をやっております。六十代の頑固オヤジに日々怒鳴られ、夜遅くまで振り回され、万年寝不足、運動不足状態で疲れ切っていました。

「年々体が錆《さ》びついてくのがわかるんですけど、家ではもう疲れ切っていて何もやる気が起こらないし、休みの日も気がつくと午後になっていて、洗濯と掃除で終わっちゃうんです……」

という彼女も、ストレッチからはじまって一時間半のゆるゆるとした「ベリーダンス健康法」で蘇《よみがえ》りました。笑顔が戻り、全身イキイキとしたのです。

おしゃべりとボディワークの相乗効果でリフレッシュ

このベリーダンスマジックをみなさんにお伝えしたくて、私も『横森式ベリーダンス健康法』（ヴィレッジブックス刊）を上梓、以来教えてもいるのです。これは私にとっても運動不足解消といい気分転換になっていて、この時間なくしては四十代、心身の健康をここまで保てなかったでしょう。

夫も、最初は「りかふん、作家なのにベリーダンス教えるなんておかしいよ！」と怒っていましたが、今では「そんなに楽しいんならやったほうがいいよ」と認めてくれています。だから、「ロータスでベリーダンスのクラスがある」ということであれば、快く解放してくれるのです。

健康法としてのベリーダンスですから、お店に出て男の人に見せるわけじゃありません。自分の女性性を愉《たの》しむためだけに踊るので、私の生徒さんの御主人たちも、快く送り出してくれています。

なーんて言うと、スゴイ古臭い価値観で生きている感じがしますが、時代は変わっても、夫婦関係とか家庭の中の女性の立場って、あんまり変わってないんですよねー。女性のスキルや意識だけが進歩しているので、そこで生きていることがストレスになってしまうんですよ。

働く独身女性だって、会社の男性上司がつまり旦那みたいな存在になっていて、精神的重圧をかけてきますからね。威張りながらも甘えているので、みなさん「あんたと結婚した覚えねーよ」と、その理不尽さに辟易《へきえき》しているのです。

未婚で長年彼氏と同棲しているある女性も同じ。年齢とともに頑固に、わがままになっていく連れ合いに手を焼いています。毎日がG．I．ジェーンのようで、家はまるで戦場。家事と連れ合いとネコの世話で安らげないといいます。

そんな彼女がロータスに踊りに来はじめて、

「こういう時間が欲しかったんだなって、やっとわかりました！」

と言ってくれました。ふだん、苛まれていることも、踊っているときは忘れられますから、心身が解放されるのですよ。自分の体と向き合い、優しく動かしてケアしてあげる時間なんて、家では余裕がなくて持てませんからね。

ベリーダンスは「命を寿《ことほ》ぐ踊り」と言われています。音楽と、呼吸と、女らしい動きとポーズで、自分がいただいた肉体（女体）を愉しむ……そんな時間は、四十代以降はかけがえのないものになるのです。幸せは、「自分を愛すること」からはじまりますからね。

自分を慈《いつく》しみ、休ませてあげるのも、リフレッシュさせてあげるのも自分。誰かに期待しても、その人も加齢のため疲れていて、自分のことだけでいっぱいいっぱいですからね。

オヤジがキレたり怒鳴ったりするのも、そのせいなんです。年のせいで忍耐力がなくなるし、威張るのも、威張っていい気になんなきゃやってらんないからするんでしょうし……。

ま、そんな方々のことは忘れて、女だけの麗しい時間で、自分をリフレッシュさせましょう！

四十代女性の若返りには、同世代同性とのおしゃべりと、ボディワークが一番です。おしゃべりだけだと肉体が錆びついてくるし、美味しいものを食べるのだけが楽しみになってしまうと、太るし生活習慣病も心配です。

もちろん、みんなでおしゃべりしながら美味しいものを食べるのは楽しい。でも、ついでに体も動かしてあげると、相乗効果で若返るのです。

＊「シークレットロータス」
美と健康を求める女性のコミュニティ。
http://www.yokomori-rika.com/secretlotus/

5 「ババシャツを着るか着ないか」それが問題である！

楽だからってオバーンな下着を平気で着られる？

四十代になると、冷え込みが厳しくなってきます。あまりの寒さに「ユニクロのヒートテックで全身防備」が冬の日常となるのですが、四十代も後半になると、人によっては、あるいは体調によっては、自律神経系のコントロールがうまくきかなくなってきて、それでは暑すぎる、という場合もあるのです。

震えだしがくるくらい寒いのに、温めると暑い、という現象を、私も体験したことがあります。ヒートテックはありがたいのですが、下に着込んでいると外出時には脱げないという事態に遭遇します。それも、動けばすぐ発汗するし、電車など公共の乗り物の中では、温度調節しづらいのが難点。

なーんて、苦しんでいたある日、お年頃女性のために開発された下着を持って、対談に現れた女性がいたのです。スーパーや洋品店で昔から売られている有名な肌着メーカーだけに、生地やカッティングが研究し尽くされていて、その着心地のよさたるや、素晴らしいものでした。

「このお年頃の女性は、温かさは必要なんですけど、温かすぎてもだめなので、プラス二度の心地よさを追求したんです」

と、開発者である彼女は教えてくれました。

「肌のかゆみも出てくる時期なので、締めつけない、ゴムかぶれを防ぐ、細かい工夫と細工が施されています。正直、採算合わないぐらいの研究費を費やしているんですが、売れ行きが今一つ……」

とおっしゃっていましたが、ズバリ！　デザインが困ったものだったのでした。

「正直、これってババシャツです。いくら着心地がよくても、四十代で臆面なくこれを着られる女性は少ないいんじゃないでしょうか？」

私は忌憚《きたん》なく発言しました。もちろん、雑誌の対談には載りませんよ。タイアップ記事ですからね。

「あ、やっぱり？　実は私の友人にこの製品をプレゼントしたところ、『バカにしないでよ！』って、怒っちゃったんですよ。オバサン扱いされたような気がしてしまったんでしょうね……」

とおっしゃっていましたが、それならなぜ、デザインを変えないのかと不思議に思いました。なにしろ、ブラやパンティも、ここまでオバン臭くすることもなかろうなってぐらいの肌色、質感、レース飾りだったのです。

でもそのレース刺繍も、決して肌に触れないよう、裏は肌触りのいい綿で縫い目も感じさせないようにできています。ブラに至っては、まるで装着してないかのような楽さで、これならユニクロのカップ付きタンクトップより楽じゃないかと思うぐらいでした。

ユニクロのカップ付きタンクも、伸縮素材だけに、疲れていると苦しくて脱ぎたくなっちゃいますからね。気合い入れて出かけるときは重宝なのですが、家ではちょっと……というお年頃です。それでも、楽だからってオバーンな下着を平気で着られる年でもないという微妙さ。困ってしまいますよね。

それでも女は捨てられない！

私の母も、四十～五十代の頃、パンツの線がかゆくてしょうがないからと、ガーゼのふわふわパンツをどこからか大量購入してきてはいていました。ゴムのところもガーゼでくるみ縫いしてあるので、かゆくならないのです。

皮膚のかゆみは、更年期の症状としてあまり取り上げられていないのですが、外国の自然療法本にはちゃんと出ています。私も、四十代で何度か、原因不明の激しいかゆみに襲われましたが、これも更年期症状のひとつなんだなと自覚してからは、安心したのです。

そういう経験をした先輩女子の開発チームでこそ成し遂げた偉業と言えるのですが、いただいた下着はお蔵入りしています。いくら着心地がよくても、これを着ている自分がオバン臭く感じて仕方ないし、着ているところを友達や夫にも見られたくないという意地が、私にもまだあるのです。

「気取ることなく、ありのままで」という本を書きながら、アンチなようですが、このマインドというか恥ずかしげが、オバサンになるかならないかの分岐点なのではないでしょうか。

三十九で高年齢出産した私は、産後失禁に悩みました。そのとき私の姉は、「無理に我慢するよりこれで安心して」と、大量にアテント（大人用紙おむつ）を買ってきたのです。その年でアテントをはけるかはけないかは、女やめるかやめないかの踏み絵みたいなものでした。

意地でもはきたくなかった私は、骨盤底筋《こつばんていきん》運動に精を出し、産後一ヵ月目からはピラティスを再開して、見事産後失禁を乗り越えたのです。ま、心配なときは、夜用スーパーぐらい敷いておきましたがね。

私のピラティスの先生（五十代）は、老人介護のボランティアに出ていたこともあるのですが、多くの老人がおむつをして生活しているのを見て、残念そうに言っていました。「ちゃんとコアを鍛える運動を続ければ、寝たきりになることも、おむつをすることも生涯なくなるのに、あきらめちゃってる人が多いよね」

本当に病気や怪我で寝たきりになり、というのなら仕方がないけど、ただゆるくなって……というのは自分から「降りる」ことです。「捨てる」ことかもしれません。それが寂しく感じるうちは、まだできませんよね〜。

その下着メーカーのデザインも、スーパーや洋品店で大量に売れるデザインと色といったら、やはりババシャツ的なものでないと社内で通らないというのです。会社は男社会で、オジサンが背広でブラジャー売りに行っているような会社なんだとか。

この旧来のやり方で、オシャレになってしまったお年頃女子を満足させられるかといったら、そうでもないと思うんですけどね〜。私は自分で楽しむために、ヴィクトリアシークレット*のパンツ、海外で大量購入してはいてますよ。

＊ヴィクトリアシークレット
セクシー路線が特徴のアメリカのアパレルメーカー。
http://www.victoriassecret.com/

6 お口のケアを疎《おろそ》かにしては、美魔女《びまじょ》も台無し

口臭も気になるお年頃女子は「歯が命」

男女問わず、四十代でオジサン、オバサンになってしまう人は、開き直りがはなはだしく、お構いなしであることが特徴です。

メンドクサイからって、お風呂に入っても体を洗わない、歯もちゃんと磨かないというふうでは、いくら香水をかけても、マウスウォッシュでぶくぶくしても無駄です。

テレビCMを見ていると、四十代の歯周病ケアに、とか、お口のネバネバに効く、とかの歯磨き粉が売られていますが、それらは、ちゃんとケアしていれば必要のないものなのです。歯茎が腫《は》れるような状態にしておくことが間違っているわけで、それでは口臭を気にするどころか、自分でも不快でしょう。

それを、トシだから仕方がないと、あきらめてしまってはいけません。四十代になったら歯槽膿漏《しそうのうろう》になって、やがて歯が抜け、入れ歯になるのが当たり前だと思っているとした

ら、かなり前時代的です。オーラルケアも進んできた私たち世代では、「一生自分の歯で美味しく食べる」が常識なのですから。

いくら見た目をきれいにしていても、お口のケアを疎かにしていては、美魔女も台無し。加齢臭を気にするなら、食事から気をつけて根本的なニオイを抑えたほうがいいです。内側からバラのニオイを漂わせるサプリ、なんてのも売られていますが、そんなもの、ちゃんとしたライフスタイルで生活していれば必要ないんじゃないでしょうか。

私は母親の時代から予防歯科専門の歯医者さんに通っています。半年に一度の定期検診で、ほぼパーフェクトな結果を出しているので、磨き方の指導をちゃんと受けることの大切さをひしひしと感じています。

五十になりましたが差し歯も一本もなく、全部自分の歯です。根幹治療をしている歯が一本あって、それはやがて枯れ木のようにダメになるときが来たら、差し歯にしなきゃならないかもしれないけど、この調子でいったら「一生自分の歯で美味しく食べる」のも夢ではないのです。

歯科衛生も時代とともに進化してきて、昔はなんとしても一生懸命磨く、という感じでしたが、今では柔らかいブラシでそっと磨くに変わりました。というのも、何十年も持たせなければいけない歯ですから、磨きすぎは歯のエナメル質をすり減らしてしまい、逆効果となってしまうからです。

歯と歯茎の間もプラークをとろうと一生懸命磨きすぎると、根本のエナメル質がすり減ってしまうのです。なので、力を入れずにそっと。それでちゃんとプラークがとれていれば、歯槽膿漏にも虫歯にもなることはないのです。

自然なホワイトニングを心がけて！

四十代になって、歯が黄色っぽくなってくるのを気にして、私も一度ホワイトニングをしたことがありますが、これも、あまりやらないほうがいいそうです。人によっては三ヵ月に一度もするそうですが、私の通っている歯医者さんはすすめません。

なぜなら、お茶、コーヒー、赤ワインなどのステインがつくから歯が着色するだけでなく、歯自体の色が加齢とともに黄色くなってくるからです。それを聞いたときには愕然《がくぜん》としましたが、その人の持っている色素によっても違うので、色白の人は骨まで白いということです。羨《うらや》ましい限りですね。

私たち黄色人種が、歯だけ妙に白くても変なので、私の歯医者さんは「不自然でない程度のホワイトニング」しかしてくれませんでした。芸能人ほど白くしてしまっては不自然だからと。

普通に生活していておかしくない程度にホワイトニング剤を調合して、マウスピースに塗って就寝時にはめ、二週間。時間をかけてホワイトニングすることで、副作用を軽減するというやり方でした。

それでも、歯に薬が染《し》みてしんしん痛かったのを覚えています。何年か後、またやりたいと言っても、「半年に一回のクリーニングでもだいぶ白くなるから、必要ないでしょう」とやってくれませんでした。

昔はクリニックでのクリーニングも研磨剤を使って磨いたりしていたのですが、今では超音波で汚れを除去する器械に代わって、とにかく歯のエナメル質を減らさない方向に変わっています。目先の美容より、一生のＱＯＬ（生活の質）を考えた管理なので、私も完全に信頼してお任せしているのですが。

薬剤も極力口に入れないほうがいいので、私は自然のホワイトニング効果、抗菌作用のあるティートゥリー歯磨き粉を使っています。あまり強烈でケミカルな抗菌歯磨き粉や研磨剤が入ったもの、マウスウォッシュなどを使うと、お口の中の常在菌までなくなってしまいそうで怖いからです。

オーラルケアは、四十代からでも遅くない

昔は食事が終わったらすぐ歯磨き、と言われていましたが、今や三十分は磨くなと言われていますからね。唾液が消化や洗浄、抗菌などのいい働きをしてくれるので、それを流してしまうのはもったいないからだそうです。

口臭や歯槽膿漏が気になる方は、ぜひお近くの歯医者さんでオーラルケアを指導してもらってください。ちゃんとした歯科衛生士さんのいるクリニックなら、大丈夫だと思いますよ。

私も半年に一度、同世代の歯科衛生士さんと加齢話に花を咲かせながら、楽しんでいます。先生とは治療の必要があるときしかお会いしません。もう数年お会いしてなく、それを誇りに思っています。

オーラルケアは四十代に入る前から本当はすべきですが、今からでも遅くはありません。しかるべき歯医者さんに行ってちゃんと指導を受け、正しい歯磨きをしてください。日々のちょっとした努力で、「トシだから仕方ない」はなくなるのです。

テレビCMで「熟《う》れたトマトのような歯茎」にぐらぐらの歯、というCG映像を見たときの不快さは、生で見たらもっと不快でしょうし、ご本人ならなおさらでしょう。年をとっても快適な自分づくりは、自分にしかできないのです。ありのままでいい部分と、そうではない部分がありますからね。

7 「死ぬまで現役バリバリの女でいたい」はファンタジー!?

まっこと正直！　杉田《すぎた》かおるの言い分

四十八になる杉田かおるさんが、「男に興味を持てず、野菜作りに夢中だ」とテレビで発言していました。ほかの四十代有名女性は、バツイチでも、子どもが何人いても、女性としてもう一度幸せになりたい。だから過去の傷を悩んでいると言っていたのに、です。

正直だなと思いました。

「ホルモンのバランスがおかしくなってるのか、男と結婚したいとまで夢中になれない」と正直に発言できるのは、芸能界で長年やってて開き直れるから、というのではなく、現実を見据え、自分を素直に表現できる女性だからだと思います。

「男は追っかけると逃げてくし、最近はおっかけなくても逃げていきますからね」

ウケました。年をとっている女性に対して、たいていの男性は、及び腰になります。

でも、それでいいんではないでしょうか。自分だってもう男性を、以前のようには愛せなくなっているのですから。

これはまさに女性ホルモンのなせる業《わざ》で、ホルモンの減少によってそういう気持ちがなくなっていくのは自然のこと。だから自分はそうじゃない、死ぬまでバリバリ現役の女なんだと主張するのは、それによってなんらかの、個人的利益を追求している方なのではないかと思います。

女の幸せな自立って何なのでしょう?

杉田かおる。実は彼女、私の高校の後輩なのです。明星学園《みょうじょうがくえん》は、個性を大切にした自由教育の私立校（小学校~高等学校）で、私が高校二年の春から編入したとき、

「明星っ子より明星らしい生徒が入ってきた」

と、先生方に驚かれたような学校なのです。

卒業生には、菅井《すがい》きんさん、岩下志麻《いわしたしま》さん、土屋《つちや》アンナさんなどがいます。ほかにも多くのアーティストが輩出している学校で、女子が強く、男子が優しい学校でもあります。

私は、山梨の公立校からスカウトされここの教員となった母親に育てられ、この高校を卒業して美大に入ったため、世の中に出てから日本社会の男尊女卑さかげんに驚くばかりで、いまだに馴染《なじ》めないというのが正直なところ。男を立てるということができないので、女性としては損ばかりしていますが、まぁ「それが私」と開き直れば、どうってことない

年にもなっています。

私は母が働いていたので、

「お引きんずりの女にだけはなるな！」

と厳しく躾《しつ》けられました。山梨の方言で、だらしない女にはなるなという意味ですが、この言葉は奥深く、精神的にもだらしない女になるなという意味があります。

自力で人生をどうにもできないから、男に媚《こ》びて、楽をするために男からお金を引っ張るような女にはなるなという……。

でも、そうやってお金持ちの男狙いで人生うまくやり、女としての人生も謳歌《おうか》している女性がいまだたくさんいるのを目の当たりにすると、こういう教育もいかがなものかなとも思います（笑）。

私の予備校時代の友達は母親から、

「お金持ちと結婚して、毛皮と宝石が似合う女になりなさい」

と言われて育ったといいます。

だからなのか、何年か浪人しても美大には入れず、水商売のバイト先で知り合った医者と結婚しました。地方のビル持ちの歯科医なので、自分の美貌だけで、生涯生活に困ることはない人生をゲットしたというわけです。結婚相手は温かく真面目でいい人なので、年をとったからって彼女が邪険《じゃけん》にされるとは思えません。

自分の中の「女性性」を愉しもう

私には四十代で独身の友達がいっぱいいるのですが、彼女たちを見ていて、「女の自立って何なんだろう……」と、たそがれるときがあります。

個性的で、真面目で、楽しくて、潔くて、人間的にはこれ以上ないというぐらい魅力的なのに、年をとったというだけで、男性には相手にされなくなっているのです。

相手にされるのは、四十代でも四十代に見えない美貌と、細い体を持つ美魔女だけ。そのために血のにじむような努力ができるのは、個人的利益を追求している場合のみ。生活がかかってなきゃ、そこまでの努力はできませんからね。自由裁量で生きられる女性が、四十代でそこまでの気力を振り絞れるわけないですから。

女優として色気を売りにして稼ぐのもままならず、男にも夢中になれず、また夢中にもさせられず、野菜作りに行っちゃった杉田かおるは、まっこと、正直かつ合理的な女性だと思います。自給自足が成立すれば、食べていくには困りませんからね。野菜作りと野菜料理が喜びとなれば、後半の人生はすでに安泰です。

でも、どんな女性の中にも、

「いつまでも男に女として丁寧に扱われたい」

というファンタジーがあります。

その欲求を満たすためには、どうしたらよいのか、四十六になる独身の友達に聞いたことがあります。

「太らないことじゃないかな」

と彼女は言っていました。男は痩せてる女が好きだから、四十代でも、痩せていれば恋愛対象になると。まっこと、バカバカしい価値観だなと思いました。

もし私が男だったら、痩せてる年増女より、ふっくらした若い女のほうがいいと思いますけどね。もし四十代以降で惚れるとしたら、それはもう容姿云々《うんぬん》ではなく、人間性であったり愛らしさであったりするのではないでしょうか。

私は彼女に言いました。

「生涯、女でいつづけるコツは、自分の中の女性性を、自分自身で愉しむことなんじゃないかなぁ」

器《うつわ》が女である限り、どんなに中身が男前になったところで、所詮女です。だから、ホルモンバランスで男性性優位になるお年頃には、男として自分の女性性を愉しむ時代に突入するのではないでしょうか。

また、それを愉しまなければ、女として枯れてしまう。対象が現実の男性ではなく、自分の中の男性に変わるのですからね。

第2章
お年頃女子の〝自分敬老〟初め

I 好きなことでも疲れるのが、四十代の性《さが》

「好きなことは疲れない」三十代だったけれど……

五十の大台にのった私が、四十代を検証すると、まんず激変の十年間です。

みなさん「今年で四十の大台に乗ります」と、意を決して臨んでいるようですが、まだまだ青い！

四十代前半は、顔にも三十代の甘さが残り、体調不良も加齢によるものとは思わないほど気も若いものです。私もそうでした。

三十九で産んだ子どもが動きはじめて家がめちゃくちゃだったとき、近所に事務所を借り引っ越したら、その引っ越しの疲れで七キロも痩せてしまったんです。食欲もなくなり、食べたものも消化できず、これは深刻な病に違いないと思いきや、精密検査をしたらどこも悪いところがなく、ただの過労だったという。

引っ越しは経験豊富で得意分野なので、嬉々《きき》として作業をするほう。それで疲れるなん

て、考えてもみませんでした。そして、雑然とした家のことはしばし忘れられる、自分だけの部屋を借りたことで、喜びに満ちていました。

そこには、繊細で壊れやすい素敵なものを飾り、大人女子としての落ち着いた時間が持てる。仕事も日中は何を気にすることなく好きなだけできるし、ボディワークもスキンケアも、お風呂まで入って帰れるのです。朝日を拝みながらのヨガも、夕日を眺めながらのベリーダンスだってできました。

ところが、楽しいことすらやりすぎると疲れてしまうという事実に、私は愕然《がくぜん》としたのです。それまでの法則では、「好きなことは疲れない」でした。でも、四十代に入ると、「好きなことでも疲れてしまう」のです。

結局、この疲れをとるには、「何もしないでだらだらする」しかなかったのです。

これって、働き者女子には一番苦手なことですよね。でも、それも慣れていかねば、これからは元気でいられません。慢性疲労で、マジで深刻な病気になってしまいますからね。

四十一の春でした。私はお世話になっていた気功の先生のところへ行き、漢方薬を出してもらったのです。その漢方は、ストレスをとって休ませるもので、飲むとぼぉっとしてて仕事になりませんでした。仕方がないので、事務所のソファに寝転がり、当時はまってた『冬のソナタ』のDVDを見ていたのです。

疲れは二週間でとれ、体調も戻りました。ここで、もったいないからとベビーシッターに暇を出し、仕事をしないからって子どもの世話をしていたら、治らなかったでしょう。

「気のせい」にしてると老け込んじゃう？

四十代は、損得ではないのです。とにかく自分の体調管理を最優先にしないと、心身を壊してしまいます。若さを保つには、加齢を受け入れることです。

「なんで私が……こんなはずじゃ……」

なんて悩んだら、もっと老け込んでしまいます。

四十代をありのままに素敵に生きるコツは、考えすぎない、頑張りすぎない、ほどほどに楽しむ、ことなのです。

四十代はまだ見かけ若いですから、誰も年寄り扱いなどしてくれません。つまり、労《いた》わってくれないのですよ。だから、自分の体調を誰よりも知る自分だけが、自分を労わり、ケアしてあげることができるのです。

もし、家族や周囲の人に怠けている、サボっているとなじられても、気にしないことです。自分をうまく休ませてあげないと、怒濤《どとう》の四十代を素敵には生きられません。そこで、

「別に、素敵じゃなくてもいいじゃん……」

とあきらめてしまったら、それこそ坂を転がるようにオバサン化してしまいます。女子たるもの、それでは自分がお寂しいですよね。

また、自分の体感こそが頼りになるので、それを研《と》ぎ澄ますことです。

私も四十代、プレ更年期の不定愁訴《ふていしゅうそ》が出てきたとき、ホルモン値検査をしましたが、データではまだまだ更年期ではありませんでした。

でも、今思うとまさにあれは更年期の症状だったので、データはあてにならないこともあります。

日々変化する自分の体調や心の状態を、「気のせいだから」と、甘く見ないことです。このお年頃の不調は、ちょっとしたことで見事に改善したりしますから、その方法をいろいろ試してみるのですよ。

不定愁訴には「まめに対応」する。これがポイントです。

楽に勝る贅沢なし！

四十代前半（プレ更年期）と後半（更年期前半）では、出てくる症状も、効くものも対処方法も変わってきますから、十年一律とは考えないことです。セルフケアも三年おきぐらいにリニューアルすべきなのが四十代と言えるでしょう。五十以降は、もっと間隔が短くなっていくと先輩諸氏は言います。

花曇りで寒の戻りの春、国立新美術館にガンダーリ松本《まつもと》先生（「和みのヨーガ」創設者）のお母さま（八十三歳）の展覧会を見にいきました。元気いっぱいの十歳女児と赴いたので、あれもこれも見たい、ということになってしまって、三つの展覧会とミュージアムショップを見る羽目に。

美術館は広く、集中して絵を見るのも疲れます。午後五時にはもうヘロヘロで足も棒。本当は、帰りにどこかに寄って夕飯を食べて帰りたかったのですが、あきらめて直帰。冷蔵庫に「らでぃっしゅぼーや」の焼きそばがあったからです。

究極の選択です。外で食べるより、自分で簡単なものを使って家で食べたほうが楽、という。家なら、テレビの前にどっかり座って食べられ、昼の余りものなどちょこちょこ食べられますから、おなかにも負担が少ないのです。

寒かったので日本酒をお燗《かん》して、ふき味噌、ニンジン葉のきんぴら、白菜の漬物で『渡る世間は鬼ばかり』の録画を見ながら晩酌《ばんしゃく》。このほうが、寒い中行ったことのないレストランで食事をする楽しさより、ずっとありがたい今の自分を慈《いつく》しみました。

楽に勝る贅沢なし、が、五十を前にした現実だったのです。

2 まだまだ「乾いた女」にはなりたくない！

四十代だからこそ、髪を伸ばして女度UP♡

若い頃は、肉体的にもホルモン的にも現役の女感が溢れているので、生々しくて大っぴらに女っぽくはできないはずです。いや、できる人ももちろんいますが、できていたら、この本は読んでないでしょうからね（笑）。

女性には大きく分けて二つのタイプがあります。十代の頃からモテ系で行くあからさまな女道タイプと、そうでないタイプ。後者のタイプは自分の中の女性性をひた隠しにし、性別関係なく自立の道をめざし、知的で誇らしい人生を歩むべく、頑張ってきた人たちです。

でも、そうなるとどんどん中性化して、三十代には男か女かわからなくなっちゃう人もいます。私もそうでした。ショートヘアもエスカレート、角刈りに近くなってしまい、服装もボーイッシュに。キャラメガネをかけて喜んでいました。

仕事が楽しくてしようがなかったので、結婚するつもりも子どもを持つつもりも全然なかったのですが、体は悲鳴をあげていました。消化できない女性性がかたまって子宮筋《しきゅうきん》腫《しゅ》がボコボコできたし、顔には大人のニキビが噴出していたのです。

昔なら七、八人子どもを産み育てる女の人が、一人も産んでいないのですから、子宮筋腫はそのエネルギー的な塊《かたまり》とも解釈できます。大人のニキビも、男性ホルモンが出すぎて、肝臓で消化しきれずに顔の髭《ひげ》ラインに出てくるものだと言われています。男社会で頑張りすぎると、男性ホルモンが出すぎちゃうんですね。

どちらにせよ、女性性と男性性がバランスよく生きていないと、どこかには負担がくるわけです。そんなこともまったくわからず、自立によって得た自由を謳歌《おうか》していました。

そんなとき、警告を発してくれたのが、オカマ友達でした。

「あんた、そのままだと、レズのタチにしか見えないよ」

レズのタチとは、男役のことです。私の顔を見て、寂しそうに言うオカマ友達の発言に、当時の彼（現夫）も、

「そうだそうだ！」

と真顔で追いうちをかけたのです。ショックを受けた私は、めんどくさいなぁとは思いつつ、髪を伸ばしはじめました。

ちょうど、オカマ友達の誘いでお茶のお稽古《けいこ》と、その頃お世話になっていたボディワー

カーの勧めで、健康のためにベリーダンスをはじめたところでしたから、髪が長くないと都合が悪かった、というのもあります。お茶は髪をまとめて着物、ベリーダンスも長髪で女らしくないと似合わない踊りですからね。

私のベリーダンスの師匠は、「髪一本一本にスピリットが宿ってる」と信じている人で、髪はできる限り切らない主義でした。ご本人はだから、お尻の下ぐらいまで伸ばしているのです。踊りにロン毛を使うこともあり、女神を体現するのがベリーダンスなので、短髪でキャラメガネなんてご法度《はっと》。

ましてやすっぴんなどあり得ません。すっぴん短髪キャラメガネでベリーダンス……面白すぎます。私はベリーダンスのために、女らしさ作りを余儀なくされた、といっても過言ではないのです。

「女性性」を謳歌することが、人生の救世主になる

でも、今思うと、まさにベリーダンスは、その後の人生の救世主だったのです。当初、セクシーな表情や仕草、色っぽい、可愛い踊りやポーズに抵抗があった私に、師匠は繰り返し言ったのです。

「男のためにやるんじゃない。女である自分自身を愉《たの》しむためにやるのよ。そしたら全然恥ずかしくないでしょ？」

実際、ギリシャ系アメリカ人である師匠も、長身でスリム、おっぱいはデカイものの、お尻は小さいすらっとした体型でした。若い頃は自分の容姿にコンプレックスを持っていて、高校のプロム（卒業パーティ）にも出られないほどモテなかったといいます。

そんな彼女がベリーダンスに出会い、女性性を開花、謳歌することになったのです。

綺麗、色っぽい、ミステリアス、年齢不詳と称賛される彼女ですが、中身は自然派でアンチセクシュアル。今は息子と二人、バリ島に住んでいます。

「女性である限り、誰でもベリーダンスは踊れるようになるし、何歳になっても踊り続ける限り、健康で、キレイでいつづけられる」

と豪語します。

四十代、高年齢出産で産んだ子どもの世話と家事と仕事の大変さプラス、更年期症状も出てきて大変な中、ベリーダンスだけが、乾いた生活に潤いを与えてくれたのです。

一週間に一度、師匠のスタジオに行って仲間と踊り、そのあとみんなでランチして、夕方までつるんでおしゃべりに花を咲かせる時間が、かけがえのないものになっていました。夫も四十代でいきなり頑固オヤジとなり、それまでのいい関係はなくなってしまいましたからね。

誰からも女扱いされなくても、女は何歳になっても女。

だから、その辺を満足させてあげないと、裏悲しく、心寂しくなってしまうんですよ。

ただ健康に生きているだけでは十分ではありません。心が寂しくなってしまっては、心身健全とはいいがたいのです。

女性性を愉しむのに、ベリーダンスは最高のツールですが、どうしてもベリーだけは嫌だという方は、とりあえず髪を伸ばして、メイクをし、女っぽい恰好をしてください。めんどくさいかも知れないけど、それが図らずも、自分自身に「安心感」を与えてくれるのです。

加齢とともに、女ではなくなっていく不安が襲ってくるなら、演出だけでも女っぽくしてあげれば、自分に自信も持てますしね。四十代前半までは平気ですっぴん、ジャージで出かけた私でも、後半からはお出かけするときは、ちゃんとメイクして女らしいワンピースなど着て出かけますよ。

爪も塗って、可愛い靴も履き、香水もアクセサリーもつけて出かければ、女性性を謳歌できるでしょう。見知らぬ人の目や、店員さんの扱いも違ってくると思いますよ。称賛とまではいかなくても、丁寧に扱われただけで、元気が出ますからね。

3 プライドを捨て、自然な加齢を心地よく受け入れよう

老いてもなお美を惜しまない女性たち

ジュリア・ロバーツが白雪姫の継母役を怪演した映画『白雪姫と鏡の女王』をご覧になりましたか？

白雪姫役はリリー・コリンズ。そう、あのフィル・コリンズの娘という豪華なキャスティングで、衣装は故・石岡瑛子《いしおかえいこ》さん渾身《こんしん》の作。日本人としては誇らしい素晴らしさでした。四十代お年頃女子としては、何よりジュリア・ロバーツの継母役がコミカルでまた恐ろしく、笑えたのではないでしょうか。

これってまるで、世界の美魔女《びまじょ》と呼ばれる中年女性たちのパロディみたいです。義娘に惚れた王子を自分のものにしようと、惚れ薬を飲ませてまで結婚にこぎつけ、結婚式の前に「特別なお手入れ」をする姿は、まるで美のためには何事も厭《いと》わず、惜しまない美魔女そのもの。

笑えたのが、時代設定が昔の話なので、手の角質を取るのはドクター・フィッシュ、フェイスピーリングは鶯《うぐいす》の糞《ふん》で、と原始的な方法で施術しているところ。あの、おなかに放った幼虫はなんだったのか疑問ですが、ドクター・フィッシュは私も下田の水族館で娘とやったことがあるし、鶯の糞は、精製されたものが今でも売られていますよね。

私の叔母（九十代）は、私が子どもの頃、そのために鶯を飼っていたので、子ども心に衝撃を受けた覚えがあります。鶯の糞を乾かして、それで顔を洗うときれいになると言っていた叔母は、確かにきれいでした。当時四十代でしたが、すっぴんでもつやつや、シミひとつなかったような気がします。

決して美人というわけではなかったけれど、お寺の大黒さん（僧侶の妻）だったので人前商売ということもあったのでしょう、いつもきりりとしていました。趣味で日本舞踊も教えていたので、そのせいもあり、お手入れは必須だったのではないかと。

私は小学四年生の夏休み、ここのお寺に一週間ほど姉と預けられたことがあります。両親が忙しく夏休み旅行の代わりだったと思うのですが、叔母夫婦と枕を並べて寝、お寺の仕事を手伝い、その生活を興味深く垣間見ました。

今思うと、四十代ですでに老夫婦の生活でしたよね。叔父は叔母よりは年をとっていたと思うのですが、夜明け前に起きて、暗いうちから居間で日本茶を飲みながら和菓子（お目覚《めざ》）を食べていました。隣にいない！　と思って目をこすりながら居間に行くと、二人で仲良くお茶をしているのです。

「まだ早いから寝てなさい」

とニコニコ言われ、数時間後に起きると、もう朝ごはんの準備ができていました。

叔父はお茶したあと本堂に朝のお経をあげに行き、叔母は朝の家事に勤《いそ》しむ夫婦の「朝時間」というわけです。

この夫婦、とにかくいつでも元気で機嫌がよく、仲良しだったのを覚えています。二人とも長生きで、叔父はボケてからも、朝のお経だけは本堂さんにあげに行っていたというのだから、身についた長年の習慣って、ものすごいものがあるなと感嘆します。叔母は叔父の没後も一人暮らしを続け、今も存命なのです。

男性だって「疲れたオジサン」になっていく

昨今の四十代女性は、女性としてのプライドが邪魔をして、心地よく年をとれないんじゃないかと思います。男性から女扱いを受けないとプライドが傷ついちゃうので、口惜しさや悩みも出てきて、夫との関係も悪くなるのです。

夫だって同世代です。もともと男性性の薄い方なら、すでにそんな気は毛頭なくなっているのではないでしょうか。自分が現役の女であることを確認したいがため、無理を承知でいろいろ要求するのは可哀想というもの。

独身の四十代だって同じです。男性も特殊な人を除いてほとんどは「疲れたオジサン」なのです。よほどの女好きでない限り、そっちのほうはNGなのではないでしょうか。結婚しない男女が増えているのは、その気になる前に加齢が進んでしまっているからなのです。若くて、抑えきれない性欲があるうちなら勢いで結婚したりしますからね。まぁ特殊な人は、四十代でも恋に落ちて不倫したり結婚したりしますが、そうでもない場合、それを要求するのはご無体というもの。『白雪姫』のジュリア・ロバーツのように、若い男に迫っても及び腰になられるのがオチです。子どもを相手にしてそれこそ、「オバサンに迫られた、わーん、僕ちゃんこわーい！」って世界なのではないでしょうか。

四十代の恋愛はますます現実主義に

自分の過去を振り返っても、「恋愛黄金期」は二十代だと思います。あれほど惚れたり惚れられたりできたのは、やはりホルモンのなせる業《わざ》。

三十代から自分自身の健康と幸せ感のために女っぽく装うことにしたのとはアンチなようですが、三十代にはすでに、恋愛感情より人間愛の世界に突入していましたからね。

独身の四十代女性で、これから後半の人生を共にするパートナーを探して結婚するのが夢、という方が多いですが、それは恋愛感情云々《うんぬん》ではなく、誰かと「家族」になり安心したいという気持ちのほうが強いのではないでしょうか。

そういう人たちは、ルックス云々ではなく、賢く温かく、経済的にも安定した殿方をちゃんと選んでいますし、そこに恋愛を持ち込んだりはしていませんよね。

生活的な安定は必要なく、男にセクシュアルなものしか求めない大人女子は、四十代中盤にはもう恋愛活動に終止符を打っています。

あとはネコとか犬でも飼って、幸せに暮らしているのですよ。ま、私の場合は老猫と子どもですけどね。夫はもう、あんまり家にいない日本の典型的な亭主となったので、「亭主元気で留守がいい」とはこのことだったのだなと痛感しています。

まだこれから四十代という女性が、こんなことを読んだら「お寂しい」と思われるかもしれませんが、それが四十代の現実なのです。四十代でも枯れない特殊な方々を除いて、自然な加齢を快く受け止めたほうが、これからは楽に生きられます。

もちろん、女をやめていきなりオバサンになれと言ってるわけじゃありません。あくまでも観賞用としての自分を磨くのですよ。それは、誰のためでもない自分のための美の追求なので、いやらしくもなく、芸術性の高いものです（涙）。

4 人生後半はノーサイド主義！

敵味方なく、みんなで楽しもう！

かつて文藝春秋から『ノーサイド』という雑誌が短期間出ていました。それは退職したらもう敵も味方もない、みんな仲間で楽しくやろうという趣旨のものでした。売れ行きが悪くすぐに廃刊になってしまったのですが、まだ『クレア』で突撃ルポライターをやっていた私は、残念がる編集長のオジサンを可哀想だなぁと思った覚えがあります。

今思うと、いい趣旨でしたからね。その頃は、まだ二十代だったのでその意味もわかりませんでしたが。何十年も企業戦士として闘ってきた人たちが、退職によってやっと人間的な生活ができるようになる、それからを考えようじゃないかというテーマは、五十になった私にはよくわかります。

人生の後半は、敵味方じゃなく、みんなで手を取り合って楽しくやりたいものですからね。

私は企業戦士というほど働いたわけではないですけど、二十代後半からはじめた物書き稼業が楽しくて、経済的にも自立したことが嬉しく、三十代は仕事と遊びに没頭しました。するると、三十三のとき取材で行った人間ドックで子宮筋腫が見つかり、その自然治癒のために、さまざまな自然療法をすることになったのです。痛くもかゆくもないものでしたから、手術で取り除くのが嫌だったのです。

その後、人生の軌道修正をすべく三十五で結婚したものの、子宮筋腫があったためか妊娠しづらく、流産も経験。藁《わら》にもすがる気持ちで夫と世界のパワースポット巡りをし、どんどんスピリチュアルに傾倒していきました。マクロビも三年間極め、ヨガと瞑想にはまり、もう一歩で山にこもるところだったのですが……。

そうは問屋がおろしませんでした。あきらめたところで、妊娠したのです。三十九のときでした。それからは、子育てのため現実の中で修業するという生活に戻され、いまだに女性の幸せとワークバランスについて考えさせられる日々です。

お年頃女子の「共感力」は幸せを運んでくれる

そんな中で、わが人生後半の宝となったのが、四年前に立ち上げたコミュニティサロン「シークレットロータス」。

ここには私の本の読者で心を一つにした女性たちが集まり、ヨガやベリーダンスやピラティスで体をほぐしたり鍛えたり、お顔リフトアップやマッサージで疲れを癒したり、たまにはお勉強会に出席したりと、それこそノーサイドで楽しんでいるのです。

いろんな職種や立場の女性たちが、ここでは素《す》のままの自分として本音で語り合うことができるので、リフレッシュして元気になれる。そんな場所が、私にも必要だし、ここに来るみんなにも必要だったのです。家庭や会社でストレスフルな毎日を送っていても、どこかでご機嫌になれれば、また頑張れる。

こういうコミュニティの活動は、これからもっと全国で草の根的に生まれればいいなと思っています。昔はそれぞれの地域に婦人会があり、祭事の準備や郷土料理の継承などを通しておしゃべりし、ストレスを発散したものですが、今はないですからね。それぞれ、興味のあるところで集まりを作るのが得策です。

ロータスではこの四年間でいろいろな女性たちと知り合いました。一緒に踊ったり、美《お》味《い》しいものを食べながらおしゃべりしたりすると、いろんな人生があり、世の中にはいろんな人がいるのだなということがわかります。

自分の住んでいる世界は狭く、それまでつきあっていた人たちが、ごくごく限られた人だったということに気づくのです。

若い頃なら知り合えなかった、また、理解しえなかったであろうタイプの女性同士でも、四十代は同世代ということと、同じ女性ということ、そして〝お年頃〟特有の共感で、仲良くなれる。心を割って話せるようになるのです。この発見は、「年をとってよかった」と思えるものです。好きな人が増えると、自分も幸せになれますからね。

いい女は〝ほど〟を知り、引き際を心得る

ロータスでお友達になったお姉さま方と、娘がキャンプに行ったときなどに女子会をするのですが、女五人ぐらいでお酒を飲み、美味しいものを食べながら語り明かす夜は、まっこと楽しくもディープなものです。みな四十代大人女子なので、お酒の飲み方もキレイ。

美味しいものをちょこちょこ出してくれるダイニングバーで食事とワインが終わった後は、もう一軒飲みには行かず、しゃべり足りない場合はカフェに移動、デザートとお茶になるところが、大人女子だなぁと感心します。

食べすぎ飲みすぎは体調不良のもとなのでNG、ハーブティとスウィーツでおしゃべりは十分楽しめるのが大人女子。知的な女ほど〝ほど〟を知り、引き際も知るのです。

最近、この女子会のメンバーに入った超優秀なキャリアウーマンがいるのですが、彼女の話は壮絶です。企業戦士として二十年身体を酷使して、四十にして生理が上がってしまったというんです。三十代で婦人科系を患い、術後ピルで経過治療をしていたのですが、大出血。自分で救急車を呼び一命は取り留めたのですが、以来生理がないのだとか。

ふだん家に帰るのは夜十一時ぐらいで、四十六の今、生き延びるには結婚して仕事をや

めるしかないな、とわかっているのです。

三十代の「幸せになりたい」なんてお悩みは甘く、四十代になると人生は「生きるか死ぬか」の問題になってきます。このままでは幸せになれないどころか過労で死んでしまうという大人女子がどんなに多いことか。専業主婦も大変だけど、男並みの知的労働を余儀なくされる女性も大変です。

幸い彼女には、一年間月に一度のペースでお食事だけしている一歳年上の男性がいて、その人との後半の人生を考えているところ。でも、彼も彼で仕事しかしてこなかった人なので、めっちゃ奥手でなかなか一歩先に進まないとか。ものすごく知的な人で、仕事もでき尊敬にも値し、稼ぎも一生安泰なぐらいあるのに、もしかしてチェリーボーイ（死語?）かもという……。

彼女も真面目で優秀な人なので、一歩進むために、お伊勢参りをしたり、近所の氏神様にお祈りに行ったりしているのだとか。結婚して、趣味のタロット占いをしつつ、猫が飼いたいという（今の住まいは賃貸でペット禁止）夢を実現するためには、なんとしても向こうがその気になってくれなきゃならない。でも……。

良妻賢母のお母さんに淑女として育てられ、エリートコースを歩んできた彼女にとって、こちらから手を出す、ということはできないのだとか。この大きな壁を彼女がどうやって乗り越えるか、目が離せないロータスの面々なのでした。

5 すっぴんDAYは自分にとって最高の贅沢！

すっぴんで過ごすOFFの日を作ろう

四十代になったら、圧倒的にメイクしてオシャレしたほうがきれいなのですが、いつも気合い入れていては疲れるので、OFFの日を作ってあげるのも必要です。

自分でも疲れ切ってるなぁと感じる週末や、PMS（月経前症候群）や低気圧、雨や寒い日は誰だってやる気が起こらないもの。

そんなときは、すっぴんで一日過ごすと肌も休まります。何より、メイクをする気力と時間がいりませんからね。それだけでもほっとします。夜のクレンジングもいらないかと思うと、なおさらラッキー、と思えますからね。

白髪染めやヘッドスパ、美容院に行ったときも、「今日は頭洗わなくていいんだ」って思ったら、それだけで心ウキウキするお年頃です。サロンに赴くのはプロのお手入れの必要性プラス、自分がやらなければならないことを人にやってもらうという「免責効果」があるのです。

ただし、すっぴんで過ごすときも、日焼け止めだけはつけておかないといけません。朝食のあとうっかり二度寝してしまっても、その顔に思いっきり太陽が当たってる場合もありますからね。シミの原因となりますので、天気がいい日は朝のうちに日焼け止めはつけておきましょう。

もう一度寝たいからって、カーテンやブラインドを閉めっぱなしじゃダメですよ。朝日のメラトニンは浴びないと、お年頃のうつや睡眠障害がひどくなります。一度は起き、洗濯物を干し（天気が悪い日でも室内干し）、朝ごはんをちゃんと食べておなかがいっぱいになったところで、また寝るんです。その至福感を味わうと、人生まんざらじゃないなと思えますよ。

たまにはＤＶＤでも借りて、食っちゃ寝、食っちゃ寝を繰り返してもいいんですが、数日続くと体が固まってコリが出てくるし、このままではデブる、という不安にもかられます。自分を甘やかして休ませてあげないといけないにもかかわらず、甘やかすとすぐ太るお年頃でもあります。そして、ほぼ毎日軽い運動はしてあげないと、代謝が悪くなってウツウツとしてきます。全身のコリが故障の原因にもなるので要注意。

家で、ヨガやダンス、ピラティスのＤＶＤでも見ながら自分でできればいいのですが、その気力も出ない場合は、すっぴんでもいいから最寄りのヨガスタジオかスポーツクラブに行って、軽く体を動かしてください。ジャクジーと軽い水泳だけでも、できたらパーフェクトです。夜お風呂に入らないで済みますからね！

電車に乗らない地元ならば、すっぴんでも出かけづらくないので、この際もしそのクラスが男性インストラクターだったとしても、開き直りましょう。年を考えたら、自分の息子ぐらいのものです。母親の気持ちで、他人でも図々しく接してしまいましょう。

ここで女を意識されても、向こうも迷惑でしょうし、インストラクターが若い男だからって、緊張してしまってはせっかくのボディワークが効果激減です。

近所しか出かけないときは、もう誰にも会わない覚悟で楽しみましょう。近所の魚屋さんや八百屋をやっているのは大抵おじいさんおばあさんなので、私たち世代など娘ぐらいの年齢です。すっぴんだからといってなんとも思わないので、気にせず親戚のおばさんと話すようなつもりでお買い物するのです。

スーパーなら、なおさらです。人と触れ合わないし、レジのオバサンもかなり年配ですからね。こちらがすっぴんで普段着だからといって、引け目を感じることもありません。街のブティックなどに行くと、若くてきれいな店員さんが超オシャレしているわけですから、すっぴんで普段着では見くびられます。

似合わない洋服を売りつけられない気概を持ち、押し出しを強く保つにはこちらもそれなりのヘアメイクとオシャレで臨まねば。そして、せっかくオシャレ着を買うのに、ばっちりへアメイクした状態で試着しないと、似合うかどうかわかりませんからね。

すっぴんで普段着のときは、最寄りのユニクロなどに行き、くたびれた肌着や部屋着を買い換えるのですよ。まさにお似合いのシチュエーションだし、店員さんも「あ、今日はOFFなんだな」と思ってくれます。

「ダメな自分」もエンジョイしよう

仕事をしていない専業主婦の方だって、最低限の家事以外なにもしないOFFの日を作っていいのですよ。また、作らねば四十代以降は持ちません。家族持ちは週末や休日こそ戦争なので、家族が出払った平日にOFFの日がないと疲れがとれませんからね。蓄積疲労となってどこかで倒れるか爆発してしまうので、気をつけましょう。

すっかり疲れがとれたら、またいつもの日常を頑張ろうという気になれます。それまでは、休養を取るのですよ。一日で足りなかったら、二日でも、三日でも。半日ずつでもいいのでお休みをとってください。

お休みの日には、いい加減な食事でもOKとしましょう。どうせ一人です。ランチなんか、カップラーメンでもいいですよ。いつもは家族のために、そして自分のアンチエイジングのために、体にいいものを一生懸命作って食べさせ、また食べているのですから。たまにはダメな自分もエンジョイしましょう。

私なんか、娘がキャンプに行った日のランチは、チキンラーメンでしたよ。それも、マグカップサイズの可愛いやつを二回。温泉卵を入れていただきました。娘が百円ショップで「可愛い～♡」と欲しがったので買ってあげたのですが、自分も食べてみたくて食べてしまいました。しかも、足りなくて時間差で二個も。残りの一個は娘がキャンプから帰ってきて食べました。かなり、楽しみにしていたので。

ふだん無添加オーガニックを心がけているので、たまのインスタント食品はすこぶる美味しいのです。あのケミカルなお味がなんとも……たまになので、健康被害もありませんからね。

しかしこれも二日続くとヤバイので、二日目は、最寄りの旬菜レストランに行ってお一人様ランチをしました。多種類の野菜が多めに入っているものを注文すると、インスタント食品を食べた罪もかき消されますからね。ここも、一人ならすっぴんで行ってＯＫです。店員さんも、「ＯＦＦなのだな」と思ってくれますからね（笑）。

6 黒ばかり着ないで、たまには派手に着飾ってみよう

モノトーンがオシャレだと思ってたけど……

若い頃は、オバサンってなんであんなに派手な色を着るんだろうと不思議でした。私たち世代の青春期といったら、「カラス族」という言葉があったぐらい、全身黒ずくめ、無地・モノトーンがオシャレな時代。

コム・デ・ギャルソンの川《かわ》久《く》保《ぼ》玲《れい》様を教祖とする「カラス族」は、私よりちょっと先輩たちでした。髪も刈り上げて、すっぴんもしくはアーティスティックなメイクをし、セクシュアリティは排除すればするほどカッコイイという洗礼を受けた私は、美大生だったこともあり、モテない路線まっしぐらだったのです。

ところが街に出てみると、それとは真逆のボディコンギャルたちがアッシー、メッシーを従えて闊歩《かっぽ》しておりました。

モテていい思いをするには男ウケをする恰好をしなければダメという事実を、初めて

知った私。ちょうどコンサバな年上の男に惚れたこともあり、彼のためにいきなりワンレンボディコンを目指したのです。

まぁでも、もともとのテイストというのは変えられないので、数年後、彼との破局と同時にまた髪をバッサリ。キャラメガネをかけて、性別不能の恰好をし、嬉々としてライター稼業に殉じたわけです。自分で稼いで生活すると、コメの一粒も輝いて見える、と、しみじみ嬉しかったあの頃。

その後、三十代で行きすぎた感のあった私は、今度はお茶の稽古とベリーダンスのために髪の毛を伸ばしはじめたのは前述のとおり。振り子のようなものですかね、こういうのも。フランスでは一世代ごとに、母親が反面教師となりキャリアウーマン↓専業主婦↓キャリアウーマンとなるのだと聞いたことがあります。

独身キャリアウーマンも専業主婦も、どっちもいいところと悪いところがあるので、本当はバランスよく、半分半分やるのが正解だと思うのですが、なかなかうまくいかない方も多いのではないでしょうか。だから、悩んだり、苦しんだりするんですよね。

「半業主婦」って言葉が今の私にはピタッとくるのですが……。

四十代は発色のいい色を着こなそう

なにはともあれ、服装に関しては、四十代以降は発色のいい色を着ることです。いくら健康と美容を頑張っても、お肌はくすみがちだし、全体的に輝きを失ってきますからね。それは自然なことだし、寂しく思うことでもないいんですけど、「きれいに見えたほうがいい」という単純な事実、オシャレの基本に立ち戻ると、カラフルな衣装が◯。

私も、昔の癖でついつい黒やモノトーンの服を選んでしまうのですが、実際試着して鏡に映してみると、ぱっとしないんですよね。そこに、「まさかの」オレンジとか、黒がベースでも緑やクリーム色、ピンク、茶などの柄が入っていたりすると、ぱっとお花が咲いたように華やかになるんです。

やってごらんなさい。私もこの春は、アプリコットオレンジのスプリングコートとワンピースを買いましたよ。なんか、ビビときたんです。もしかしたら似合うかもしれないと思ってきてみたら、バッチし似合った。若い頃なら考えられないことです。

部屋着も、汚れやすいからついついグレーを選びがちですが、ここへきて赤の花柄物をユニクロにて購入したら、ばっちり似合った！ これって、まさに「赤いちゃんちゃんこ」の法則だなと思いました。還暦にはまだ十年ありますが、年をとったら逆に派手な色のほうが似合い、また元気にもなれるということなのです。

発色がいい色は顔色をよく見せてくれるので、実際健康そうにも見えます。若い頃は何もしないでも肌色はきれいだしぴちぴちしているので、黒を持ってきてもくすまず、ファッショナブルに見えるものですが、四十代以降はNG。全身黒ずくめだと、

「ご不幸でも?」

と思われがちです。

私も渋い色、黒が好きなので、ついつい選んでしまいがちなのですが、そんなときは、ファーやサテンがあしらわれていたり、生地にキラキラが入っていたりすると、派手感があり、くすみません。それでもくすんでしまう場合は、キラキラものの大ぶりアクセなどをオンしてあげると◎。

赤が恥ずかしかったらワインレッド、オレンジがあんまりだわというなら明るい茶色、いくらなんでも緑は……という方はフォレストグリーン、といった具合にワントーン落としてあげるととっつきやすいかもです。

また、全身に派手色を持ってくるのはやはりちょっと勇気が出ないという場合は、スカーフなどで発色のいい色を首元に持ってきてあげるだけでも、きれいに見えます。

太って見えるのが嫌で黒のワンピースを着た場合も、スカーフをきれいな色の花柄なんかにすると、まさか着痩せ効果を狙って黒を着ているとは誰も思いません(笑)。

すべては自分が元気になるための魔法

メイクもそうですが、実物よりキレイに見えるんでなければする必要がないし、オシャレもまた、その人をよりキレイに、可愛く見せてくれるんでなければする必要ないのです。

四十代以降は、それもこれも面倒になってきますからね。

その面倒を乗り越えてする必要があるのは、精神的効果が非常に高いからです。女性には、オシャレという武器があるので、男性よりはうつになりにくいと思いますよ。四十～五十代の浮き沈みがちな気分をUPするのに、オシャレとメイクは本当に大切だと、この十年を振り返って思います。

今さら、男ウケするから髪を伸ばすんでもなく、女らしい服装をするんでもなく、発色のいい色を着るんでもないんです。すべて、自分のため。自分を元気にして、自分の女性性を愉しむために装うのですよ。四十代以降はまた、それが純粋に楽しめる年でもあるんです。

女性の人生はまさに四十代でノーサイド。男とか女じゃなく、また目的を持たない行為を純粋に楽しむ。時代的にも、これまでは釈迦《しゃか》の時代、これからは弥勒《みろく》の時代と言われています。つらい修行があるから素晴らしい未来があるのではなく、今を楽しむから同じような事象が引きつけられてくる。

そう思うと、楽しまない手はありませんよね。ねずみ色のスウェットを着て家から出ないのも楽ですが、ときには張り切って派手な色を着て、出かけてみませんか？

7 スキンシップは〝2WAY〟マッサージで♡

スキンシップ不毛大国ニッポン！

四十代になると、結婚している人でも夫との関係が暗礁《あんしょう》に乗り上げ、とても「優しく触《さわ》りあう」気分にはお互いなれなくなりがちです。

積年の恨みや更年期の機嫌悪さもあり、夫のいびきや加齢臭も相まって、夫婦別室になる家も多いかと。

独身女性も、四十代ともなると特殊な人を除いて男性とは疎遠になってきます。かなりイケイケの女性でも、年齢的な臆面なさが怖がられ、肉体関係にまでは及ばないケースも。お触り程度なら許してもらえるようですが（笑）。

でも人間というのは、スキンシップが必要なようにできています。何しろ母親のおなかの中に九ヵ月もいて、その後何年もおんぶや抱っこされて育っているものですから。

幼き頃、友達ができたときの喜びは、一緒に手をつないで歩くこと。そんな思い出が、青春期に恋人と手をつなぎあったときにつながれるのでしょう。

現代四十代女性の悲しみは、自分では年をとった自覚がない、というところです。美容や健康法が発達・進化したおかげで、見かけは若く保てるし、気も若いですから、男性に対して魅力がなくなったというのを理解しづらいんですね。

しかし男性も動物ですから、きれいな四十代より若い地味メなほうがいいんです。惚れる、その気になる、というのも本能ですから、動物的に嗅《か》ぎ分けるのですよ。

たぶん、目をつむって嗅ぎ分けたら、美魔女より、老けて見える若い子を選ぶと思いますよ。

四十一になる私の友達も、お目当ての若い男友達に本命チョコをあげ、ホワイトデーを楽しみにしていたのに、ホワイトデーの三日前に知り合った若い女の子と恋に落ちたと告白されて大ショック。自分のほうがよっぽど価値があるのにと嘆いていました。

「わかってないなぁ」と思いましたね。いくら努力して美を保っても、四十は四十です。三十の男の子からしてみたら、気の合うきれいなお姉さんぐらいにしか思ってなく、若いガールフレンドができたことを報告したいという気持ちもわかります。

また、結婚していても、夫が相手にしてくれないんですと、お悩みの御婦人方は多いのです。

どちらにも言えることは、そんなに女性として求め続けてほしかったら、外国人と結婚することです。日本にはそもそもスキンシップの文化はないですから、性欲の盛んなときを過ぎたら、あきらめるしかないですからね。

外国人でなくとも、外国文化の中で育った日本人。フランスで育った日本男性など、ほとんどフランス人らしいですからね。友達でイタリア人と結婚した人は、同じ年ですがいまだにラブラブですよ。いつも手をつないでいるし、撫《な》であったり抱き合ったりしています。羨《うらや》ましいなぁとは思うけど、自分がそれをする気には到底なれません（笑）。

一人でぐっすり寝て、疲れをとったほうがまし？

スキンシップ不毛大国ニッポンでは、そういう理由で性風俗が当たり前のようにあり、女性のエステやマッサージも必要以上にあるのです。

お金を支払っても誰かに触ってもらわないと、どんどん心も体も硬化していくのがわかる人たちなら、定期的に通っていると思いますよ。ただ、不況なので、そのへんに支払うお金もない、というのが痛い現実。

すると、ますます不幸感みなぎって、心も体も乾いてしまうでしょう。電車の中で人を突き飛ばしていくような人は、どついても人に触りたいという欲求不満の表れだと思います。

人は本来、そして何歳になっても、触られたいし、触りたいのですよ。

「じゃあどうすればよいか？」という話なのですが、友達の一人は、お金を支払ってプロの男性に相手にしてもらうという案を持ち出しました。が、そこまでしなくても、それほど性欲もなくなっていくのが四十代ですからね。そんな高価な下心なんて持ってないのがフツーです。

「いや、でも、まだまだみなぎっちゃって……」

という貴兄は、しばらくベジタリアンになってみたらいかがですか？　菜食はもともと僧侶の修行食。煩悩がなくなり、スッキリしますよ。

正直、四十代においては、セックスも疲れます。そして体の中から乾いてきますので、たまにいたすと裂傷の可能性も大です。

寂しい話かもしれませんが、快感も若い頃ほど得られません。リスクが大きくて実りが少ないのが四十代以降のセックスと言えるでしょう。だったら、一人でぐっすり寝て、日々の疲れをとったほうがいいですよね。

男性のほうも、性欲を求められても無理なことが多くなるのではないでしょうか。若いエロい女相手ならともかく、長年連れ添った女房に求められても……。そして、尊敬に値する職場の大人女子に甘えられても、そういう関係は持ちづらいですよ。

タッチとスキンシップで二人の癒し時間を作ろう

どうしてもスキンシップが欲しいという方は、夫やパートナーと性欲抜きにした〝2WAY〟マッサージをしあうのがいいと思いますよ。

肩をもみ合ったり、手や足のツボを押し合ったり、背中や腰を押してあげるだけでも楽になります。

もともと、あまりセックスをしない夫婦は、これでいい夫婦関係を保っていると聞きます。今はその手の本もたくさん出ていますから、それを参考に、二人で健康のために触りあうのです。

タッチとスキンシップは、心身の健康を保つのに重要なので、私の尊敬するガンダーリ松本先生の「和みのヨーガ」*では、自分でする「手当法《てあて》」と、二人でする「手当法」を教えています。

マッサージをされている人より、実はしている人のほうが気の流れがよくなり、体調もよくなるので、とにかく「その辺にいる人をとっ捕まえて押し倒しても」手当させていただくのが一番だと、先生は笑いながらおっしゃっていました。

私もDVD学習はしているのですが、まだその域には到達していないので、もっぱらプロのマッサージで癒してもらっています。ヨガとピラティスでも先生に指導の際、触られるし、特訓のあと簡単なマッサージもあります。

自分でも「ベリーダンス健康法」を教えているので、生徒さんに指導目的で触る機会もあるし、手をつないだり体をくっつけて踊ったりすることもあるので、頑《かたく》なにならずに済んでいるのだと思います。

人間、触ったり触られたりする機会が減ってしまうと、体とともに心も頑なになってしまうんですよ。それをほぐすには、機会を狙っちゃあ触り、また、プロにお金を支払ってもたまには触ってもらうんです。

メンテナンスにもなりますし、何より気持ちがいいので、マッサージは年をとればとるほど必要と言えるでしょう。お金をかけなくても、友達同士で肩もみあったり、狭いソファにぎゅうぎゅうに座って、寄りかかりあったりするだけでも楽しいですよ！

＊「和みのヨーガ」
ガンダーリ松本先生が考案した「和の心を活かして」自然治癒を活性化するプログラム。
http://www.nagominoyo-ga.com/

8 年齢層の高いお店に行こう!

「久しぶりの若いお客様」として喜ばれる

年をとっても若ぶって、若い子の集まるところに出かけると、ますます自分の年を感じてしまいます。若いエネルギーにやられてしまうというか。お店の人の客あしらいも、ふだん若い子に慣れているのでぞんざいだったりします。

一方、高齢者が安心して行ける店というのは、お年寄りでも安心して寛《くつろ》げる雰囲気とサービス、飲食店なら味が期待できます。そして四十代女性でも「久しぶりの若いお客様」として、喜んで受け入れられるのです。

いつも、お年寄りばかりを相手にしている店員さんたちですから、四十代女性などまだ若く、きれいで、目の保養となります。特に年配の販売員さんたちやサービスの方たちには、優しく丁寧に扱われること請け合いですよ。

特に飲食店は、お年寄りの集まるところは、都心でも空いていて美味しいのです。人気店、話題店には人が押し寄せていますが、長年のお得意様を大切にしている店は、特に混みもしなければ、閑古鳥《かんこどり》も鳴かない。いい雰囲気とサービスが保てるのです。

私はお一人様ランチのときは、お蕎麦屋さんか和食店で、そのような店に行きます。落ち着けるのと、美味しいのもさることながら、仲居さんたちも私より年上の女性たちなので、甘えられる感じがして嬉しいんです。

四十代ともなると、会社では責務が重くなり、家庭では責任者として采配を振るわねばなりませんよね。夫も自分のことでいっぱいいっぱいなので甘えられる存在ではないし、実家の親も、もはや高齢化してこっちが甘えられる立場です。仕方がないことですが、たまには息抜きしないと、重責ストレスにやられてしまいます。

何より、お年寄りが行く店というのは、冷暖房が効きすぎていたり、飲み物に必要以上に氷が入ってたりしませんから、安心です。若い子が行く店は、飲み物はきんきんに冷やしてあり、部屋はエアコンがガンガンですから、体に悪いんです。

お店によっては、氷でカサを増やして商売しているのかもしれませんが、私ははっきり、「少なくてもいいから氷入れないで」とお願いしますよ。

＊ディンデルなんか、マジでカップに三分の一のキウイジュースを、平気で手渡しましたからね。マニュアルどおりにやってるだけの若い店員さんは、しょうがないですよ。

高齢者が集まるお店では、食後にお年寄りが「お薬の水ください」って言えば、ちゃんと氷の入っていないお水を持ってきてくれます。食事中に具合の悪くなる人や、椅子から落ちちゃう人もいるので、いろいろな対応に慣れています。

熟練したサービスの人たちがいるので、そこには人間的な温かさがあり、プロの気概も感じます。

プロに甘えることもOKとしよう

四十代は、誰かに優しくして欲しいのに、してもらえない時代。

ホルモンバランスが悪く、ひがみ根性も出てきて、寂しさからいじけ虫になっちゃうこともあるのです。

友達や兄弟姉妹、夫に癒しを求めても、同世代なら同じ更年期、男も更年期ですからね、無理なのです。特に男の更年期は、意地悪なオバサンみたいか、雷《かみなり》オヤジになっちゃいますからね。敬して遠ざけておきましょう。

前項のマッサージもそうですが、多少のお金を支払っても、プロに癒しを求めるのが正解です。向こうは商売ですから、金額に見合ったサービスは提供してくれます。ホスピタリティやプロ根性がある人なら、金額以上の結果を得られるでしょう。

渋谷のマークシティ地下一階にリニューアルオープンした「東横のれん街」も、老舗の店が並んでいますので、ぜひ美味しいものを買い出しに寄ってください。同じ店でも、前とは違って店舗が新しいので、オシャレ感があります。四十代女性なら、以前は年寄り臭くていやだったわ、という方も多いのではないでしょうか。

私は四十代から「のれん街」大好きで、お年寄りに交じってお買い物していたので、今回のリニューアルオープンはなんだか嬉しくて、超混んでたけど、ニコニコ視察をしてしまいましたよ。馴染《なじ》みのお年寄りもわんさか来てましたが、若手のお客さんもたくさん来てましたね。入り口にディンデルですから（笑）。

ここでも、まぐろ寿司の「つきじ鈴富」でカリフォルニアロールを購入するのに、前に三人のおばあさんグループがおしゃべりしながらお一人ずつお寿司セットを購入していたので、えらく待たされましたが、頭に来ませんでした。「のれん街」はそういうところだし、お店のおじさんが優しくて低姿勢の方だったからです。

いつもはお高い「林フルーツ」も、オープン記念で博多あまおうをなんと四二八円で大サービスしていたので、地元老舗の「心意気」を感じましたね。

それと、殻つきのソラマメを購入、「若菜」で〝初出荷〟水ナスのお漬物を購入して帰ったのですが、美味しい粕漬け「味の浜藤」の和食イートインコーナーや、「キャピタルコーヒー」のワッフルなど、まだまだ開拓の余地があるので、当分楽しめそうです。

ソラマメは帰ってから娘に剥《む》かせ、塩ゆでして、買ってきたものをテーブルに並べて借りていたＤＶＤを観賞しながら晩酌しました。

四十代のセルフケアはまさに〝敬老初め〟

たまにはこういう〝手抜き〟をしないと、四十代は乗り切れません。高齢化社会で食事宅配サービスも増えていますが、まっこと、日々ごはんを作り、家族のために三食用意するのは大変なこと。

いつもじゃ体壊しちゃうかもしれないけど、たまならその精神的効果のほうが高いです。後片づけも簡単です。外食も昼間なら差し支えないのですが、ディナーはもう重いし、時間的にも遅くなっちゃうので、テイクアウトがオススメです。

自分が丁寧に扱われたい、たまには甘えさせてほしいという欲求も、四十代以降は自分で解消すべきなのです。

誰かに期待しても、嫌がられるだけですから。

関係が成り立ってる人は甘えればいいですけど、できないことはしようがないじゃないですか！　甘えさせてくれない人を恨んでいたら、人生がもったいないですからね。

「今」の自分を一番よくわかって、大事にできるのは自分だけです。

機嫌が悪ければなだめすかして、元気がなければ気分転換をさせてあげて、たまには楽させてあげ……四十代のセルフケアはまさに〝敬老初め〟。

見た目が若いので世の中的にはそう扱ってもらえませんが、ご自分の中ではすでにはじまっているのですよ。

＊ディンデル
ディーン&デルーカのこと。「セレブ御用達」として人気を博し、世界中から美味しいものを集め、見る楽しみ、食する喜びを届けているデリカテッセン。
http://www.deandeluca.co.jp/

第3章
体調変化と気分を大切に♡

I 何事も、無理は不幸のはじまり

四十代は健康管理が一番大事

加齢のせいか、はたまた更年期症状なのか、四十代は体調と気分が激変します。一度、「とうとう来たか」と思われるほどの疲労感や体調不良に見舞われても、セルフケアによってはまた不死鳥のように蘇《よみがえ》る。それが四十代なのです。

ただ、過去十年間を振り返り、周囲の同世代を観察しても、そこで無理をしたら本当に壊れてしまうという年代でもあります。私の場合は頑張りがきかないので、壊れる前に休むから大丈夫だったのですが、頑張りすぎる人はみな入院、通院、投薬、最悪病死や自殺に追いやられているのです。

私にも、他人事ではないなという経験が何度かありました。そこで思いとどまり、休んで体調管理ができたのは、ほかでもない娘の存在でした。まだ小さかったので、私以外、誰が面倒を見られるのかと思うと、入院するわけにも自ら命を絶つわけにもいかなかったのです。そしてまだ十歳なので、当分はこの責務が続きます。

みなさん、希望や夢がいろいろおありでしょうが、一番大切なのは健康管理です。特に四十代は、女性ホルモンの激減で、体の中では大変なことが起こっている時期なのです。健康な人でも体調を崩しやすく、心も揺らぎがちなので、本当にうまく管理してあげないと、心身壊れてしまいますからね。

近しい人に話して気持ちをわかってもらっても、その人がどうこうしてくれるわけではありません。自分のことは自分が一番よくわかっているので、日々の心の声に耳を傾けて、体調も観察して、自分でケアしてあげないといけません。

特にPMS（月経前症候群）はどんどんひどくなりますから、生理前の一週間こそ、ご機嫌でいられるよう自分ではからってあげないと。ここで、夫やパートナーに期待したらダメですよ。優しくして欲しいなんて思っても、その気持ちをわかってくれる日本男性はほとんどいないと言っても過言ではありませんからね。オバサンには情け容赦ないですから（笑）。

自分の気持ちを優しく撫《な》でてあげる、少しでも体が楽になるようにしてあげる。これらを日々、そしてPMSのときはもっと行うのです。多少お金を使っても、病気になったり怪我をしたり、命を落とすよりはましですからね。

家庭の事情で多少のお金も使えないという方は、ただサボる、という手もあります。私の友達で、夫が厳しく、帰ってきて家が汚いと怒られるという人がいて、愚痴っていました。疲れていても、毎日掃除・洗濯して、ごはん作って待ってなきゃなんないと。

それでもあまりにもやる気が出ないときは、どうしてもぼぉーっとしちゃって片づかないんだそうです。すると、

「なに、具合悪かったの？」

とまず聞かれるそうで、彼女正直者だから、「いや、そういうわけでもないんだけどさ」と答えてしまうと、「じゃ、やっとけよ！」と怒られるんだそうな。私は言いました。

「心の調子が悪かったって、言っとけば？」

実際、重要なのですよ。体が丈夫でも、心が弱い人もいるし、気丈な人でも感じやすく、弱くなるお年頃です。傷つきやすいし、落ち込みやすく、やる気が全く出ないときもあります。そんなとき、無理に自分を奮い立たせて頑張ると、心を壊してしまいますからね。心も体と同じように、ケアしてあげねばなりません。

やる気の出ないときはトコトン楽に贅沢しよう

私たち世代の女性は、まだ厳しかった昭和の親に育てられていますから、だらしなく生活することがなかなかできないんですが、やる気が出ないことにはしようがないのです。

私もきれい好きなので、家にいるといろいろ気になって、うまく休めないのですが、そ

んなときは、ほったらかして出かけてしまうのです。

まぁ最低限、毎日の洗濯と簡単な掃除、食器の片づけぐらいはしますが、トイレ掃除や娘の部屋の片づけなどは、「やる気が出たときにしよう」と見て見ぬふりをすることにしています。体調がよく、やる気があるときにするぶんには、何でも楽しめ、面倒なことも苦ではなくなりますからね。

それを、どうしても今やらねばと、体調も悪くやる気も出ないときに無理すると、その疲れは尋常じゃなく、家族を恨みたくなってしまいます。恨んだところで自分の気分が悪くなるだけだし、何か言うと逆切れされて離婚騒動にまで発展しかねないので、無理は不幸のはじまりです。

自分が、どんなときに体調や気分が悪くなるか、よく観察しておくべきです。PMSもさることながら、排卵日にイライラするという人もいるし、低気圧にやられちゃう人もいます。私も、四十代で不思議な体調変化を経験しました。原因不明の熱が出て、病院に行って尿検査、血液検査しても、どこも悪いところがなかったのです。

よく考えてみると、排卵日の周辺だったような気がします。もう卵が出ないのに、脳が出せと命令するので、熱が出ちゃったのかもしれません。脳はバカですね。

「俺のカラダに、無理させせんなよ」って。

やる気が出ないときは、もうダメダメでも自分で自分を許してください。今日出すべき宅配便が明日になっても、死にゃしないですからね。それより、自分が死んだら一大事です。可愛がってあげてください。

やりたくないことはしないで、自分が楽しくなることだけを考え、意識してするのです。そりゃ会社や家庭で最低限しなきゃならないことはしなきゃですが、それ以外はほっといて、とにかく休む。

食べたいものを食べたいだけ食べて、布団にもぐりこんで惰眠《だみん》をむさぼるのもいいです。そして布団から出てきたときは、自己嫌悪ではなく、生まれ変わったような気分になってください。疲れをとるために、わざとやってるんですからね。

2 頑張らないほうがましなこともある

四十代後半で車の運転やめました

四十代は、わがままになっていいお年頃です。というのは、疲れているときに、義務感からやりたくないことをすると、失敗してしまうからです。

気が重い、気が乗らない、得意でないことを誰かのためにしても、三十代までならなんとかなりました。自分はまったく楽しくなくても、それで家族や恋人や友達が楽しんでくれれば、それが自分の喜びになったものです。そして、たとえ体調が万全でなくても、失敗もありませんでした。

ところが、四十代も後半になってくると、本当にできなくなってくるのです。興味がないことにはますます集中力がなくなり、苦手意識と恐怖心も出てきて、失敗が起こる。私は二度、やりたくもない娘の学校関係の送り迎えで、車をガードレールにぶつけました。これが、ガードレールだったからまだよかったけど、対人事故や高速道路での自損事故だったら、大変なことになっていたでしょう。

一度目は、娘が遠くのインド人学校に通いはじめた頃、二週間毎日送り迎えをしていて、過労のため注意力がなくなっていたのです。

二度目は、西葛西の秋祭りでインド舞踊を披露するというのでカーナビ頼りに送っていかねばならず、慣れない土地で駐車場に入りホッとした途端、ぶつけました。その日も、日曜の午後、低気圧で眠く、体は重だるく、生理前でもあったので、本当なら寝ていたかったのですが、娘を一人で行かせるわけにもいかず、送っていったのです。

二度とも夫に激怒され、理不尽なことで非難されまくられ、離婚騒動にまで発展しました。特に二度目はマジで家出しようとしました。家のこと、娘のことをまったくしないのは夫なのに、「カーチャンは自分のことしかしたくないんじゃない?」と、私にではなく娘に言われたからです。

毎日弁当作って朝晩よどみなく食事を出して、清潔な環境に住まわせ娘の時間に合わせて生活するのがどんだけ大変か、娘を家に残して家を出て、一度味わわせてやろうと思いましたが、それで可哀想なことになっちゃうのは娘なので、思いとどまったのです。夫もさすがにそれはまずいと思ったらしく、自分から夜中に仕事に出かけました。事務所に逃げとけば、結果を出さずに済みますからね。

以来、私は一切の車の運転をやめたのです。夫との問題もさることながら、事故を起こす危険性が増したなと実感したからです。注意力が低下して、家の中でお茶碗を落とすとか、グラスを割る程度なら大した支障はないですが、交通事故だけはいけません。運転は、人の命がかかってますからね。

考え事をしながら運転したり、同乗者としゃべりながら運転しても、正直危ないのです。道路上では緊張感を保てても、ふっと気の緩んだ駐車場でぶつけることもよくあります。同世代の友達も経験し、車がBMWなので修理に大金がかかってしまったのです。修理代を考えたら、必要なときはタクシーに乗ったほうが賢明ですよね。

気分に正直に、「わがまま」になっていい

そして、年々低下する代謝をあげ、運動不足を解消するためにも、徒歩&公共機関による移動を毎日の生活に取り入れたほうがいい年齢です。

私の「ベリーダンス健康法」に来る人たちを見ても歴然です。普段まったく運動をしない人でも、家から駅までと、駅から会社までを歩いている人は、体が動くのです。

逆に、移動を車でドア・トゥ・ドアにしている人は、体がどんどん硬くなり、下半身デブになっていきます。四十代はそれが顕著に出るお年頃なのです。毎日ウォーキングができればいいのですが、わざわざ歩くのは億劫《おっくう》なので、生活に組み込むのが正解。一日三十分ぐらいでも、歩いている人と歩いていない人では、大きく差が出てくるのです。

もちろん、専業主婦でそれが喜びとなるんなら、子どもの送り迎えも無事故でできるでしょう。それが本番であり、集中力も出ますからね。でも、働きながら子育てをしている人は、自分が「半業主婦」であることを自覚してください。

三十代の働くお母さんたちは、自分が家と子どものこともちゃんとして、仕事もこなしていることに自負を持っているようですが、四十代ではそんなプライドも捨てていいのです。無事であることが何より大切ですからね。

私も母親になったことで、必要以上に頑張りすぎているところがありました。三十九で産んだので、子育てはまさに四十代の変化とともにあったのです。頑張りすぎて元も子もなくなるよりは、頑張らないほうがましとわかったのは、その事故がきっかけでした。やりたくないことは、しないほうがいいのです。

自分が本当に好きでしたいことに関しては、人間、何歳になっても体も心も動きます。やる気が出てきて、それをするために体調もよくなるのです。それが「気分」というものです。日本では昔から、気分を大切にする人は「わがまま」と言われ、非難されたものです。

しかし「和」を重んずる日本では、誰かがわがままだと、誰かが我慢しなきゃならないので、わがままはよしとされないのです。それが、うつ病大国となった所以《ゆえん》ではないかと私は思います。自己主張をみんながし合い、個性を大切にしたならば、それはそれなりの社会が出来上がって、合理的に事が進み、うつ病も減るのではないでしょうか。

なぜなら、やりたいことはそれぞれ違うので、得意な分野をそれぞれ好きな人が請け負い、喜びを持って従事すればいいのですからね。なので、半業主婦は、夫が半業主夫となって家事と育児の半分を受け持ってくれない限りは、アウトソーシングしたほうがいいのですよ。

お一人様で働く女性も同じくです。どんなにお料理好きの人でも、四十代は仕事だけで疲れて、だんだん料理も億劫になってきます。外食やテイクアウトもひとつのアウトソーシングだし、お金に余裕があるならお掃除もプロに任せたほうがいいのです。私も半期に一度の大掃除はプロにお任せしています。

お母さんが専業主婦でまだ若く元気なら、手伝ってもらうに越したことはありません。もちろん、家事や育児が生きがいになる人に限りですが（笑）。最近は、「私はタダのお手伝いじゃない！」と主張する人も増えていますからね。そういうお母さんに家事や育児を押しつけて、それこそ事故を起こされたら、元も子もないのでやめましょう。

四十代は、いかにして人に迷惑をかけず、自分の健康管理をしていくか、なのです。

3 ホルモン変動の嵐をこうやりすごせ

更年期はまるでロンドンのお天気のような状態

四十代は、特に近しい人に対して憎しみや怒り、悲しみ、いじけ虫といった、激しくネガティブな感情が湧《わ》いてきがちです。そしてこれは、往々にしてホルモンバランスに翻弄《ほんろう》されていることが多く、いざホルモンバランスが整うと、スッキリ平常心に戻ったりするのです。

会社のみんなに嫌われている、実はうまく利用されている、自分は誰からも愛されていない、悪口を言われている、夫が浮気している、などの妄想も、マジで妄想でしかないことが多いのです。

とはいっても、頭の中に悪魔が住んでいるような状態なので、本人は信じ切っています。この苦しみは、本人にしかわからないので、たとえ親友や家族であろうとも、他人の計り知れることではないのです。

だから、湧いてきた悪感情や妄想を言葉にして相手に叩きつけてはいけません。人間関係や家庭の崩壊につながりますからね。一度発した言葉は一生その人の脳裏に焼きつき、苦しめ続けます。心にもないこと言ってごめんねと謝ったって、ボケないかぎりは死ぬまで思い出してしまいますから。

頭の中でどんな妄想や悪感情が駆け巡ったって、言葉にしなければそのうち過ぎ去っていきます。ふとしたことで体調がよかったり、一瞬ホルモンバランスが整ったりしたときは、嘘のように疑惑も晴れ、いつもの日常に対する幸せを実感できるでしょう。

更年期の十年間は、ずーっと曇りや梅雨や嵐で、晴れる日は稀《まれ》、という、まるでロンドンのような気候と言えるでしょう。日本からロンドン留学した友人は、原因不明の皮膚病にかかり、お医者さんに、

「ここは汗をかくことが少ないから、冬場は意識してサウナに入ったり運動したりして、汗腺を開いてあげないと、日本から来た君はこういうカイカイが出ちゃうんだよ」

と言われたそうな。オーストラリアからロンドンに留学した友人の父は、半年でうつ病に。帰国したらオーストラリアの晴れ晴れとした気候で、すぐ治っちゃったそうです。

更年期もこれと同じで、それまでの状態と違えば違うほどショックが大きく、体調も崩しやすい時期。でも、いざホルモンバランスが整うとケロッと治ってしまうことを忘れないでください。

かつて、明るく元気印だった人などは、自分のあまりの落ち込みに、動揺を隠しきれないでしょうし、お先真っ暗な気分にもなってしまうでしょう。そして周囲も、あんな人じゃなかったのに人が違ってしまったと、ショックを受けるに違いありません。

でも、先輩諸氏の話を聞くと、過ぎ去ればそれこそ、「雲が晴れるようにスッキリする」そうなので、ここはふんばりどころと言えます。小さなことでイライラしたり、くよくよしたり、怒ったり悲しんだりとまるで思春期の少女のようですが、思春期と違うのは、もう立派な大人で処し方を知れば実行できるということです。

それをせずに、ただ嵐に巻き込まれて、自分のホルモンバランスの悪さに翻弄されてしまうと、後悔先に立たずという残念な結果になってしまうのです。

本当は大好きだった仕事を辞めてしまった、大切だったパートナーと別れてしまった、大切な友達を傷つけてしまった……一番取り返しのつかないことは、自分自身を傷つけてしまうことです。自殺も未遂に終わればいいけど、本当に逝ってしまったら、また来世で一からやり直しですから。

楽しいことだけを考えて、嫌なことは考えない

つらいことばかりを選択する必要はないけど、どんな人にとっても人生は修業なのです。ちゃんと就学して卒業するには、ドロップアウトはＮＧです。自分のやるべきことをちゃんとやって、人生を全うするには、まさにこのお年頃は難所と言えるでしょう。

そして、天候の悪いロンドンの冬だって、まめにサウナに入ったり運動したりして汗をかけば、皮膚病も治ってやり過ごせるように、更年期もまた、楽に過ごせる方法がきっとあるのです。つらさも人それぞれなら、その方法もそれぞれでしょうが、ひとつ言えることは、「嫌なことは考えない」ことです。

私も、過去十年間それに囚われて苦しみましたが、年を重ねるにつれ、もう悪感情につきあっている気力も体力もないと気づいたのです。自分の悪感情も、人の悪感情にも、つきあっていると病気になってしまいます。

心が体に与える影響が、加齢のためますます深刻になっていくので、この先は楽しいことだけ考えて生きねば、健康には生きられない。そう悟ったのです。

とはいっても、なにせホルモンバランスが悪い時期なので、嫌な感情はすぐさま、常に出てきます。でも、そこにこだわらないことですよ。流してしまう。完全に忘れることはできないかもしれないけど、うやむやにしてしまえば楽です。

もし、眠れない夜など、憎ったらしい人のことや、うまくいかない仕事のことなどでムカムカ来はじめたら、自分の気分がよくなることを考えたり、好きな本を読んだりして気分を変えるのです。それでも、翌朝までムカつきのターゲットが消えなかったら、心の中でどんな罵声《ばせい》を浴びせかけてもいいです。それが済んだら、にっこり笑って忘れてください。実際に罵声を浴びせかけたのでなければ、大勢に影響はないですから。

そして日中は、目の前の作業に集中するのですよ。余計なことを考えている暇もないぐらい。仕事の人は仕事、家事の人は家事に、趣味の人は趣味に集中して過ごす。もし、そのどれもが暇で、なんにもやることがなかったら、やれることを見つけてください。ボランティアでもいいし、お金がある人ならお買い物でも美容・健康でもいいです。

いずれも、人に迷惑をかけない、生活が破綻《はたん》しない、という大原則を守って行えば、「百利あって一害なし」です。夢中になれる楽しいことがあれば、気に入らないことがたくさんあったって、関係ないですからね。また、関係ないと思えるほど楽しいことができれば、それは人生の大きな収穫ですよ。

嫌なことは考えずに、ほっとく。だって、嫌なことを考えている時間こそがもったいないですからね。健康被害も計り知れません。

人から「ったくいい気なもんだ！　ふざけてる」と思われても、本人が楽しくて健康なら、それに越したことはありません。周囲にとっても一番困るのは、心身の病気になられることですからね。

4 お年頃女子はズボラなくらいがちょうどいい

若い頃のこだわりがなくなってきた？

今、世の中はまさにスピリチュアルブームです。霊感占いやクリスタルの販売も一般的になっています。軽い感じの、ソフト自己啓発本もたくさん出ているし、まじない的な可愛いリチュアル（儀式）も若い子の間で流行っています。

ヨガやマクロビオティック食、グリーンスムージーなどのデトックスも、ダイエット目的ももちろんあるでしょうが、心身の「浄化」という意味で流行っているのではないでしょうか。

みんななんとかして、よりよくなろうと頑張ってるんですね。

私も三十代でスピリチュアルにはまり、マクロビオティック食も三年間やりました。国内外のパワースポットを行脚《あんぎゃ》し、スピ系ヒーリングに明け暮れ、自己啓発本も読みまくり、その手のセミナーにも通って、お清めもしまくり、クリスタルも買いまくりました。が、四十代でフツーの人に戻ったのです。

　というのは、三十九歳で高年齢出産すると、子育てと日々の生活、つまり目の前のことがてんやわんやで、スピ系をやってる暇がなくなってしまったからなのです。

　三十代なら、まだ体力がありパワースポットにも子連れで行こうと思えたかもしれませんが、もうとにかく近場で、楽なところに家族旅行するしかなくなりました。

　ごはんも、とにかく食べられるものを食べられればありがたいぐらいのもので、こだわっている余裕はないというか。唯一こだわっているのは、無農薬野菜と無添加食材の宅配便をとることぐらいでしょうか。これは、買い出しに行くより楽なので続けています。これまでやめてしまうと、食材の調達に日々奔走しなければなりませんからね。

　子どもがいると大昔の、「お隣さんにお醤油を借りにいく、お米を借りにいく」という世界がマジに感じられるような生活になってしまいます。子どもの空腹は待ったなしなので、とにかく、決まった時間にはごはんを出さなければならないですからね。猫なら缶詰で済みますが、人の子はそういうわけにもいきませんし。

人生は自分次第、方法論は関係なし

　そんなてんやわんやの生活で、「愚痴、泣き言、不平・不満、人の悪口を言わない」なんて自分を戒《いまし》めていたら、自滅してしまいます。生身の人間ですからね。精神修養ができるのは余裕がある証拠なんです。三十代では、つらいからこそ、悩みがあるからこそ、それをなんとかしようと精神修養に精を出していたのですが。

今思うと、悩んでいる体力的・時間的余裕があった、ということなのです。もう一度、そういうチャンスがあるとしたら、私の場合、子育てと更年期が終わったあとでしょうか。

この本を読まれる四十代の方たちは、どうかもう、精神修養や自分探し、自分磨きなんかやめてください。

最低限、清潔な場所に住み、美味しいものを食べて、よく寝て、健康に暮らす。それだけでいいじゃないですか。時には愚痴も泣き言も不平不満も、人の悪口だって言っていいんです。人間ですからね。ただ、「大量にいつも」はやめてください。一瞬当たり障りのないところで言って、または一人のときに吐き捨て、気が済んだら忘れる。楽しいことに切り替えるのです。感情を抑え込んでも、腰に来たりしますからね。

ネガティブなことを口にすると波動が悪くなる、そんなことはわかっていても、耐えきれないなら仕方ないですよ。四十代は、我慢もきかなくなりますからね。

私の友達なんか、夫に対して罵詈雑言《ばりぞうごん》を浴びせかけることがままあり、息子に口を押さえられるぐらいなのです。それでも離婚もせずやっていますから、夫君もまぁ、妻は更年期ということで許してくれているのでしょう。

住居の気の流れをよくするために、整理・整頓とお掃除を極め、特にトイレと玄関はお金の入ってくる場所なので重要——そんなことがわかっていても、そこまで手が回らないことにはしようがないではないですか。見て見ぬふりをするしかないというか、それより毎日の食事の支度のほうが必須ですからね。

いや実際、ちょっとぐらいトイレと玄関が汚くても、不運が続いたりはしませんから、安心してください。本人が耐えきれるレベルも個人差がありますから、どの程度、というのは他人が計り知れることではありませんが。それよりお風呂のほうが、汚いと気持ちの悪いものではないでしょうか。私はそっちの気分のほうを大切にします。

開運法の理屈に従って、トイレだけはキレイに掃除する、玄関ではきちんと靴を揃える、食器洗いはすぐさまし、器に水を貯めない（なぜならそこに悪い気が溜まるから）なんて、きっちり守っている余裕は、家全体を管理していたら、ないですからね。

私は自分がそういうことを実行していた経験があり、その後、崩して十年間を過ごしてわかったのは、人生は自分次第で、方法論はあまり関係ないということです。

逆に、自分自身の肉体的・精神的状態がよければ、部屋が散らかっていようと、ジャンクフードを食べていようと、不平・不満・泣き言・人の悪口を言っていようと、人生はうまくいくのです。

ご機嫌な人ほど、人生を楽しめる

つまり、一番大切なのは、自分の体調と気分の管理。いつも体調がよく、ご機嫌でいれば、そこにいい運もついてきます。これこそが「波動の法則」で、具合が悪く、機嫌が悪いときは「泣きっ面にハチ」で、ますますそういう事象が訪れますからね。

だから、幸せになるために頑張らなくてもいいんですよ。無理してトイレ掃除したり、口を慎んだり、疲れているのに玄関掃除をしたり靴を揃えたりもしなくていい。ダメでいいんです。そして、そんな自分をダメだと思わないことです。なぜなら、世の中には、知らないだけでもっとダメな人なんてごまんといるはずですからね。

四十代になると、頑張りすぎると壊れますから、「もう頑張らなくていい、ダメでいい」と、自分に言い聞かせるべきです。友達に軽蔑《けいべつ》されても、家族に叱咤《しった》されても、自分はこれでも十分頑張ってると主張して、誰もほめてくれないなら自分で自分をほめてあげるのです。よくやってるよ、更年期なのに、立派だと。

私たちの母親世代以前の日本女性は、良妻賢母が当たり前ですから、更年期なんてなかったとか、更年期なんて言ってられなかったと言いますが、私たちは軟弱ですからね。弱音なんてバンバン吐いていいんです。恵まれた時代に育っているんですから。特に更年期の十年間は、意識して自分を甘やかしてください。

5 体調のいいときに一気に勝負を決めよう

疲れているときは無理に決断しないで

四十代になると、疲れているときに勇気や元気を振り絞ると、いい決断や仕事ができない上に、疲れが倍になって返ってくるようになります。前にも書きましたが、失敗も多くなります。だから、決断を迫られたときも、「あとで考えておきます」などとお茶を濁《にご》して、体調のいい、頭もクリアなときに決断してください。

四十代でも、出会い系の振り込め詐欺に引っかかりやすいトシなのです。私もネット〝サクラ〟詐欺に引っかかりました。すぐ気づいたので金額は少なくて済みましたが。人によっては数千万円の詐欺に遭い、家庭崩壊。老人の振り込め詐欺の被害額も年々上昇していて、他人事ではないなという感じです。

いくら相手が決断を迫ってきても、それには乗らないことです。かつてスピーディだった人であればあるほど、自分には瞬時に正しい決断ができると思いがちですが、その感覚も徐々に鈍ってきます。疲れているときは特に。疲れていなくても、ホルモンバランスが悪く頭に霞《かすみ》がかかったような状態になっていることもままあるので、正しい決断は難しいお年頃と言えるでしょう。

そういう難しい判断はもとより、日常の作業も疲れているときは難しくなってきます。家事も、疲れているときに無理すると、瀬戸物やグラスを割ったり落としたりすることが多くなってきて、それでさらにイライラし、落ち込むので、やらないほうがマシなのです。

前項に書きましたが、「ダメで上等」と開き直り、出前をとるなどして危険を回避しましょう。

手を持ち上げる、足を持ち上げる高さも、自分が思っているより低くなっているので、何もないところでつまずいたり、グラスや瀬戸物をぶつけて欠いたりすることも多くなるのです。だから、バカラのグラスなんて高級品は使わず、象が踏んでも壊れない強化ガラスでできた安いコップを使うべきです。最近はこういうものもデザインが優れていて、重ねてしまうこともでき、使いやすいですよ。

買い物に行って重いものを持つのも疲れるので、私はもっぱらこういうものは通販で買うのですが、ネット上でのもの選びもかなり疲れるので、短時間で勝負を決めたほうがいいのです。よく寝て、疲れがすっかりとれた午前中ですよね。天気がよく、頭もクリアなときは、いい決断もできますし、日常の作業も、びしっと短時間で済みます。

早寝早起きで体調をＵＰさせよう

人によって体力の差がありますので、四十代でも全然疲れを感じないという方もいらっしゃるかと思います。でも、人によっては三十代からすでに加齢現象や更年期症状が自覚され、私を平均値とすると、かなり多くの方がつらさを抱えているのではないでしょうか。打開策は、早寝早起きですよ。

夜、しかるべき時間に寝ていると、疲れのとれ方が違うのです。お肌のゴールデンタイムと言われている夜十時から午前二時の間は熟睡しているに限るのです。お肌だけでなく、全身的に疲労回復が望めます。ホルモンバランスもここで整うと言われていますから、お年頃は特に、この時間帯ぐらいは熟睡しているべきなのです。

更年期症状のひとつに、不眠や早朝覚醒がありますが、この貴重な四時間だけでも寝ていれば、なんとかやり過ごせるはずです。どんな滋養強壮剤より、お高い美容液より効果があると思います。体が緊張していると眠りづらいので、ちょっと赤ワインを飲んだり、ぬるいお風呂に入ったりすると眠りやすいです。

早寝早起きをしてすっかり疲れがとれたならば、午前中はイキイキとしていい仕事や家事ができるでしょう。

私はほとんどの家事と、書き仕事も午前中に済ませてしまいます。夜よく眠れなかったときなど、とことんやる気が出ないときは二度寝したり、なんにもしないでのんべんだらりとしていますが、気合いが入っているときは家もびしっとキレイになるし、仕事もキマるし、家族も手作りの美味しいものを食べられるというわけです。

手抜きも日々の贅沢のうち！

みなさんがそれぞれ、自分の体調とご機嫌のよさを管理して、その年齢なりのベストの状態を保ったら、どれだけ家族や社会に貢献できるかと思うと、心身の健康管理こそが地球の宝と、マジで思いますよ。

年をとるということは、その時間が短くなるだけで、健康さえ保てば、濃いぃ一滴（生命エネルギー）を世の中に放出できるのは間違いないですからね。

お料理もそうですが、自分が楽しいと思えるときにするのと、義務感から仕方なくするのとでは雲泥《うんでい》の差があります。

一年三百六十五日料理をしなければいけない主婦の方々は、そんなこと言ってらんねー、とお思いでしょうが、やりたくないときは手抜きをするに限りますよ。私も、やる気がある元気なときは、スパイスから調合してカレーを作ったりしますが、やる気がないときはインスタントのルーです。さらにやる気がないときはレトルトですし（笑）。

自分の体調と気分を毎日、いや、毎瞬よく観察して、負担なきよう、行動を決めるのです。自覚のないまま疲れがたまってしまうと、自分が疲れていることすら気づきませんからね。すると、なんでよく眠れないのかわからない、なんでイライラするのかわからない、といった状態になります。そこで、何かのお薬に頼っても、あまり症状は改善しませんね。

ほとんど不定愁訴《ふていしゅうそ》は、心身の緊張から出てくるのです。緊張していればしているほど、作業効率はよくなるような気がしますが、それによる弊害も、四十代以降は深刻になってきます。疲れがたまると憂鬱になってくるし、幸せ感を感じにくくなってしまいますからね。これは、更年期症状以前の問題なのです。

四十代になったら、ある程度のことは悩まないでほっとくことです。目の前で死にそうな人がいたらそりゃほっとけませんが、それ以外のことは大抵大丈夫ですからね。物事に感謝すると幸せになれるとか言われても、なかなかその心境にはなれないでしょうから、まずは自分の体調と気分をＵＰすることに終始してください。

早寝早起きでやるべきことはビシッと午前中に済ませて、午後は余裕をもってゆったり過ごしてください。すると自然に、緊張もほどけて夜も早く眠れますから。

6 常識的になったら、オバサン化のはじまり？

文句ばかりの人生じゃつまらない！

四十代になると、若い頃相当ぶっ飛んでいた人でも、常識的になってきます。それが、オバサン化のはじまりなのです。

若い頃なら「フツーこうだ」とか、「主婦・母親になったらこうあるべき」とか、「もう四十代なんだから」とか、そんなつまらないことは言わなかったし考えなかったのに、そういうことを考えはじめ、自らつまらなくしています。また、他人に対しても文句を言いたくなってくるのです。

でも、他ならぬ自分の人生だし、しかももう折り返し地点に立っているのですよ。一日一日、いや、この一瞬を楽しまねば、命がもったいない。

私と村山祥子《むらやましょうこ》さん（ヒプノセラピスト）のセミナーにいらっしゃったある女性は、夫が急死したことから、人間とはいつ突然死ぬかわからないと思い、それからはやりたいと思ったことは全部やる、と決意したそうです。

そして「健康こそ一番大切なもの」と痛感したことから、夫の赴任先で六年間習っていた太極拳《たいきょくけん》を一人でも多くの方に教えるべく、帰国後、講師になったのです。

それだけでなく、ベリーダンス、インド舞踊も習い、カラーコーディネーターとしても活躍。二人の子どもを育て、イキイキと生活する様は、かつての彼女からは想像もつかなかったと、一緒にいらしていたご友人がおっしゃっていました。

結婚していたときは、駐在員の妻として、おとなしく家族に献身していたそうです。自分のしたいこととか、夢なんかは一切持たず、縁の下の力持ちとして地味ぃに暮らしていたそうで、夫の死をきっかけに、ある意味花開いたとも言えるのです。

まだ小さかったお子さんを連れての帰国。その不安や苦労は大変なものだったでしょうが、今の彼女は輝いています。女性としても魅力的だし、「太極拳を一人でも多くの人に広めたい」という夢があるので、悲しみの入り込む余地がない感じなのです。

楽しいことには想像以上の健康効果も！

好きなこと、楽しいことをしているとき、人は輝きを取り戻し、キラキラします。それは、細胞の一つひとつが喜んでいる証拠なのです。楽しいこと、好きなことを我慢して、「やらなければならないこと」「こうあるべき」に縛られていると、生命力が弱くなっていくのを私は感じます。

感じない人もいるかもしれないけど、そういう人は、いつでも機嫌が悪いですよね。人に対しても感じ悪いです。好きなことも、夢もなく、家族に献身するのが自分の喜びと心から感じられる人ならば、幸せそうなはずだし、いつも機嫌がよく、他人にも優しくできるのです。そうじゃない場合は、自分が楽しいと感じられることを探し、やったほうがいいのですよ。

たとえば、くだらないと思うことでも、やってみると案外楽しかったということもあるのではないでしょうか。世の中にちっとも貢献できないことでも、本人が楽しくて、健康度がUPするならば、まわりの人も幸せです。誰も機嫌が悪い人とは一緒にいたくないですし、たとえば主婦ならば、家のことをご機嫌よくちゃんとやってもらえるからありがたいですよね。会社の仕事もしかり。

村山さんは今年、嵐のファンクラブに入ったそうで、盛り上がっていました。最初は、お嬢さんたちがファンだったので、コンサートのチケットを入手するために入ったそうですが、だんだんはまって、今は自分の楽しみとなっているそうです。楽しみがあると、もっと仕事を頑張ろうという気にもなるし、苦手なことも乗り切れます。

韓流のファンになった方たちも、一度止まった生理がまた来たりと、楽しいことには想像以上の健康効果があるものです。

私にも誰か夢中にさせてくれるアイドルはいないものかなぁと思っていますが、目下『渡る世間は鬼ばかり』のDVD観賞にはまっています。いや、ケーブルテレビで第七シリーズから見はじめてはまり、とうとうレンタルDVDで第一シリーズから見直してしまっているのです。リアルタイムでは見てないんですけど（笑）。

娘には、「カーチャンの時代遅れっぷりが好き」と呆れられていますが、彼女も一緒に見ているので、もう岡倉は他人の家とは思えません！　街の中華屋さんはすべて「幸楽」に見えて仕方がない今日この頃。リアルタイムに見ていない私にとって、あの昭和な感じは新鮮で、小さい頃見ていたドラマのような懐かしさもあり、楽しいのです。

レンタルDVDは代官山の蔦屋書店で借りています。なぜなら、同じレンタル屋さんでも、きれいでオシャレだからなのです。郵便返却できるので便利だし、ついでに「IVY PLACE」（ダイニングカフェバー）で友達と日曜の昼シャン。お散歩がてら代官山から帰るというコースをたどり、お買い物はガールスカウトの活動から帰ってきた娘にお駄賃やって、近所のサミットに行ってもらいました（笑）。

何でもいいから小さなことからはじめてみよう

憂鬱になることは考えないで忘れる。楽しいことがなければ探す。楽しいかどうかわからないことならまずやってみる。はまったらしめたものだし、はまらなかったらまた次に行けばよいのです。嫌な人とのつきあいは浅く、できるだけ敬して遠ざける。楽しくなれる相手と率先してつきあい、より多くの楽しい時間を過ごす——それが、体調をよくしてお年頃をご機嫌に過ごすコツなのです。

週末・祝日、盆暮れ正月ゴールデンウィークは家族と過ごすべき、などの概念に囚われていると、それがストレスになってしまうぴっみょ〜な年齢。長い休みの子ども接待で疲れ果てた同年代の友達を見ていると、そう思います。私もそうですが、実際体を壊してしまいますからね。血へど吐いた人までいるぐらいです。

苦しみは、たいてい常識に囚われることからやってきます。それよりも、自分はどうしたいのかを考え、選択していくと、毎日が楽しくなりますよ。今日、今、こうしたいという小さなことからはじめて、少しずつ気分が上向きになってくると、体調も整い、もっと大きな新しいことに挑戦できる気もしてきます。

村山さん曰《いわ》く、地球のエネルギー的に見ても、これからは変化の時代。個人的にも変化に強くならないとやっていけないのだそうです。そして女性はそもそもそれが得意なので、変化を苦手だなと感じる人でも、ちょっとしたことを変えてみる訓練をすることで、変化に強くなれるんですって。たとえば、いつも買っているケチャップやマヨネーズのメーカーを替えてみる、ぐらいのことでもいいそうですよ。一度お試しあれ。

7 贅沢は〝気分料〟と思おう

少しの贅沢と楽がベストの自分を作ってくれる

更年期の十年間は、自分に贅沢をさせてあげるべきです。というのも、老後のことや将来のことを考えてケチケチ貯蓄しても、病気や事故、自殺で今死んでしまったら元も子もありませんからね。

「更年期がそれほどのモンか！」

と、呆《あき》れる方もいらっしゃるかと思いますが、それぐらい精神的・肉体的ダメージが大きいのですよ。軽視していると、とんでもないことになります。

この十年間を無事に過ごすためなら、少々の贅沢と楽は自分にさせてあげても罰は当たりませんよ。そのご恩は、無事に更年期をやり過ごしたあと、家族なり、社会にお返しすればいいのですからね。

よく、

「女性が真に社会的活動ができるのは六十過ぎてからだ」
と言われますが、ホントだと思いますよ。そこからを元気に活動し、貢献するためには、この十年間を心身健康で過ごさねばなりません。

家庭に縛られて、陰々滅々《いんいんめつめつ》になっていた四十代女性が私の本を読み、ロータスに通いはじめた頃、楽しくてしようがなかったのに、良心の呵責《かしゃく》にかられたと言っていました。
「こんなに自分のために、時間もお金も使っていいのかって……。でも、先生の本に、福利厚生と思って家族には許してもらえと書いてあったので、病気になるよりはマシかなと割り切りました」

そうなんです。

その割り切りが大切で、割り切れないもやもやした気分では、何事もせいせいとした気分では楽しめない。健康効果も半減なのです。

心身の健康こそ、宝。心身が健《すこ》やかでさえあれば、ベストの自分、最高のパフォーマンスを家族や社会に披露することができるのですから。そのためのお金や時間なのです。これはもったいなくない。お金はエネルギーですから、回していれば必ず戻ってきます。金は天下の回り物、なのですよ。

損得より気分を最優先にして体調UP！

たとえばお買い物ですが、インターネットでいろいろ商品を検索して、値段を比較検討し、最安値のものを買っていくらか得をしたとしても、そのためにこうむった眼精疲労や憔悴《しょうすい》は、どこで癒すのでしょうか。

癒すのに余計お金や時間がかかってしまったら逆に損です。放置してためておくと、やがて病気の原因にもなります。

買い物に行く場所にしてもそうです。安くてたくさん商品を並べてあるお店は確かに掘り出せばお得かもしれません。でも、数多の商品の中から自分が欲しいもの、似合うお洋服を選び出す気力と体力をお金に換算したら、決して安い物ではないのですよ。

もちろん、そうでなければお買い物などできないという経済状態なら仕方がありません。でも、一円でも安いものを買って貯蓄するのが目的なら、お金はあるわけでしょう。貯金のために疲れたり、不愉快になるなら、しないほうがマシなお年頃です。

ご自分をよく観察してください。どんなときに気分がガーンと落ちて、不愉快になり人にも意地悪したくなるか。それに気づいたら、もうその行動はしなければいいのですよ。

たとえば連れ合いや友達がその行動を好き好んでしたがったとしても、つきあう必要もないのです。価値観を共有できないなら、別々に行動したほうが、お互い幸せですから。

もちろん、自分のテイストが満足するチョイスで行動するなら、お金も自分で稼いだもので支払わねばなりませんが。損得より気分を最優先にして行動することが、このお年頃には最重要課題なのです。気分がよければ、体調もUPしますから、陰々滅々として壊れていくのを未然に防げますからね。

空いている、サービスのいい高級店は値段も張りますが、それだけにお食事も宿泊もお買い物も楽で、スタッフも優しく、気が利いています。食品なら質も管理もよく、お掃除も行き届いています。それなりのお給料をもらっているのでしょうからスタッフも疲れてなく、幸せそう。

だからお値段の中には〝気分料〟も入っているのですよ。ホスピタリティ溢れる優秀なスタッフとかかわると、こちらまで幸せになれますからね。

いいエネルギーを積極的に取り込もう

エネルギーワークを専門とする前出の村山さんは、高級店で恭《うやうや》しく扱われた食べ物は、そういうエネルギーを持っているから、それをいただくことで、そのエネルギーを取り込めると言います。

食べ物だけじゃなく、身につけるもの、家に置くものもそうですよね。いただきものなら、どういうふうに手に入れたかはわかりませんが、自分で買ったものは、そこに身元が描かれてしまいますから。

どういうストーリーを持ったものかで、身につけたときの気分は全然違います。いいお店で大切に扱われて購入したものは、着るたびそれを思い出して素敵な気分になれるでしょう。旅が好きな人ならば、旅先で買ったお洋服やアクセサリーで、旅の思い出を反芻《はんすう》することができます。

エネルギー（波動）に注目しはじめると、ブランド物が好きだからと言って、質流れのものやインターネットオークションで何かを購入する人の気が知れなくなります。まぁ、人の価値観はそれぞれなので、否定するつもりはありませんが、うちの母も、古着は誰が着ていたかわからないので気持ちが悪いと、絶対に買いませんでした。

身元がわかっている、友達や肉親のいただきものなら安心ですが、あくまでも健康でラッキーな人のお下がりをいただきましょうね。何しろ身につけたものですから、その人のエネルギーが染み込んでいます。私は母のものは、パワフルなので人にも躊躇《ちゅうちょ》なく差し上げますし、自分でも似合うものなら身につけます。

前出のロータス会員さんは、ロータスでのマクロビランチ会のとき本当に幸せそうで、「こんなに美味しくていいの？　こんなに幸せでいいの？」

と盛んに言っていましたが、いいんです。もっと健康、もっと幸せになってしかるべきなのですよ。

食べ物は特にそうですが、作り手の人間性と生命エネルギーが直接手から盛り込まれますから、人選は厳しく。料理人として信頼できる、そして大好きな人の作ったものは文句なく美味しく、健康効果も絶大。逆もまた真なりです。

みなさんも、周囲にわがままと言われようと、良心の呵責を感じようと、ご自分の体調と気分を最優先に、すべての選択を下してくださいね。

第4章
いつまでも「女」でいつづけたいアナタへ

I ❖ だからって矯正下着はイタくない？

美容外科に走りそうになった四十代前半

四十代になると、体質によって、痩せすぎたり太りすぎたりしがちです。痩せすぎてしまう人はシワやたるみが気になるだろうし、太りすぎたら全身のお肉やスタイルの悪さが気になるでしょう。

もともと太りにくく痩せやすい人は、ちょっとした苦労や加齢で痩せすぎてしまうので、お顔がどうしても気になる人は美容外科に走りがちです。

痩せ型の友達も、三十代からボトックスやヒアルロン酸を打ち、四十代には二十回で二十数万円というフィトセラピーフェイシャルをやっていましたが、はた目からはあまり変わりませんでした。二十数万円は自己満足と精神的な治療費だったのです。

私も四十一のとき、母が末期のすい臓がんに。気苦労から痩せてしまい、ほうれい線が気になって美容外科に走りそうになりました。当時、四十代でどんどん若返る有名女性が雑誌で紹介していた大学病院の皮膚科に行こうとしたのです。でも、夫と親友に止められ、やめました。下手に外科的処置を施して、失敗したらどうするんだと。

もう一つはキレート点滴です。それも、当時雑誌で五十代でも異様に若くて綺麗な女優さんがあるクリニックで定期的に行っていると紹介されていたのです。四十代前半で早朝覚醒と原因不明の皮膚のカイカイに悩まされていましたので、ホルモン値検査をしに、雑誌に載っていたアンチエイジングクリニックに赴《い》きました。

結果は、ホルモン値は平常、それより毛髪検査をして皮膚のカイカイの原因をさぐろうということになりました（詳しくは『デトックス処女』河出書房新社刊を参照）。それで二クールのキレート点滴、予算三十万円余りをすすめられたのですが、これも知り合いの女医さんに止められてやめたのです。副作用がスゴイから、素人が気軽にやるもんじゃないと。

今思うと、あれもこれも、思秋期の精神不安から来た行動だったのです。

思春期の頃も、やがて来る肉体関係のために、陰部が気になって性器整形をしようと思ったことがあります。恥部というだけあって、決して可愛いもんではないじゃないですか。自分で鏡を当てて見てみて、そのグロさに驚いた少女の私は、女性週刊誌で性器整形の広告を見て、バイトしてお金を貯め親に内緒で挑もうと心に決めていました。

が、それも、姉に止められてやめたのです。人と比べられるもんではないので自分のだけグロいと思いがちですが、みんな似たようなものよと諭《さと》されたのです。こういう陰部のコンプレックスは、男性もなぜか自分のだけ小さいと思っている人も多く、人間とは、男も女もいたいけで可哀想なものだなと思います。

「ふくよか」くらいが女らしくなるお年頃

体型のコンプレックスも、どこかで淘汰《とうた》していないと、年とともにひどくなるでしょう。解決策を見出して心地よい体と心を手に入れていれば、四十代からはありのままで素敵に生きることができます。そうでないと、ふてぶてしく開き直るか、矯正下着などで一生涯締めつけることになってしまうのです。

私もヨガ、ベリーダンス、ピラティスに出会うまでは、痩身《そうしん》エステに通ったり、そこですすめられた矯正下着（六万円也）で具合悪くなったりしていました。下着でボディメイクするほどの締めつけは、決して健康にいいものではありません。呼吸が苦しくなり、リンパの流れも悪くなりそうです。

それに、固いコルセットとガードルで武装した女体を、私は美しいとは思えません。洋服の上からもその無理して締めつけたラインがわかるし、触ってみても、固いのですから。私が男だったら、抱きしめたときに体が固い女なんてイヤです。ふくよかさが見えたほうが女らしいし、触っても柔らかいと気持ちいいじゃないですか。

私がヨガ、ベリーダンス、ピラティスを好きなのは、コア（芯）の筋肉だけを鍛えて、表面は柔らかく保てる運動だからです。ソアズ（大腰筋）や骨盤底筋《こつばんていきん》を鍛えれば、内臓も活性化されるし、尿漏れなどの心配もなくなります。自分の筋肉でコルセットをつくれば、自然なくびれができるだけでなく、腰痛予防にもなるのです。

だいたい、四十代独身で、これから女として勝負しなきゃならない人たちは、その場に及んだときのことを考えてください。あの込み入った、自分でも脱ぎ着が大変な矯正下着を、うまく脱がせられる男性なんていないんじゃないですか？

洋服を脱がせたあとに肌色の武装を見せられたら萎《な》える男性のほうが多いと思うし、自分で脱いでしかるべき場所に隠したとしても、それを見つけられたらと思うと、おちおち楽しんでもいられないでしょう。裸になったとき、あちらこちらに矯正下着の跡もついているでしょうし。

更年期は皮膚のかゆみも出てくる時期ですから、締めつけたところがかゆくなって、かきむしって美肌に傷がつく可能性もあります。太くてもいいから全体に女らしいラインを保ち、滑らかな美肌を保ったほうが自分でも心地よいし、男性にも受けるのではないかと思います。その用がない人でも、自分が心地よいほうがいいではないですか。

第一、矯正下着はつけ心地が悪いだけでなく、着脱がまた面倒です。ゆるい運動を日々続けるほうが、なんぼ楽かわかりません。

私の母は運動が大嫌いで、すい臓がんを発病するまで毎日矯正下着をつけていました。朝起きたら寝るまでボディメイクしていたのです。

「苦しくないの？」と聞くと、「だってこれつけなきゃ形になんない」と言っていたのです。背中の肉を寄せて胸に、ウェストのくびれを無理に作って、太ももの肉をあげてヒップに。それで洋服を綺麗に着られたところで、自己満足でしかないのではないでしょうか。洋服の上からでもボンレスハム感は拭いきれないし、締めつけによる苦しさは相当の我慢で、気持ちよさなど微塵《みじん》もないような気がします。

運動には、つらさもあるけど慣れると気持ちよさがあります。そしてそのメリットも多大なものです。健康度、美容度をＵＰし、気持ちもサッパリとさせてくれます。四十代になると乱れがちなホルモンバランスや自律神経系を整えてくれる効果もあるのです。

肉体的な疲れは安眠をもたらしてくれるし、運動が楽しみになればつまらないことを考えている隙もなくなるので、うつ対策にもなるのです。

2 楽で女らしい服装でほどほどのオシャレを

「女装」しないと女らしく見えなくなる?

四十代の十年間でしみじみ感じたのは、だんだん「女装」しないと女らしく見えなくなってくるのと、女らしい恰好をしていたほうがきれいに見える、ということでした。

ヘアスタイルもセミロングにしておき(長すぎても短すぎてもこれがだめなんです)、メイクもほどほどに、アクセサリーも香水もほどほどにつけ、キレイな靴を履き可愛いバッグを持っていると、自分が気分いいだけでなく、周りの人から優しくされます。

これはお年頃には重要なことで、落ち込んでいた気分もUPしますよね。

フランス語は何にでも男と女という区別をつけたがりますが、私は昔、フランス人の五歳男子に、服装による見事な差別を受けたことがあるのです。

三十代前半の頃、フランス中南部のオーヴェルニュ地方にある友達の別荘に遊びにいき、その息子ともしばらく一緒に過ごしたのです。個性的な恰好をしてキャラ眼鏡をかけてると、その子には冷たくされ、ちゃんときれいなワンピースを着てメイクしていると、ドアも開けてくれるしバッグも持ってくれるんです。

男性というのは何歳でも、本能的にそういう気持ちを発揮するんだなぁと今でもそのことを思い出しますよ。それと同じで女性というのは、何歳になってもきれいに装うと自分も女らしい気分になれるし、モテるモテないはともかくとして（笑）、女ウケも男ウケもよく、親しい人のみならず、知らない人やお店の人からも優しくされます。

私などもともと個性的な服装が好きで、美術大学出でもあります。しかも私たち世代は東京デザイナーズブランド全盛の時代に青春期を送っていますから、アンチセクシュアルな恰好をついつい選んでしまいがちです。そして、着心地のよさからエスニックなものも大好きときている。

でも、エスニックものが似合うのも若い証拠なんです。四十代も進むと、エスニックもの、自然派のものを着ていると、びんぼったらしく見えてしまうんですよ。それか、筋金入りのエコおばさんか……。どっちにしても、日本において「女でいつづける」という趣旨からは外れてしまいます。まぁ海外では、また価値観も違いますが。

「楽で優雅なワンピース」は試す価値あり

ただ、ちゃんと女らしい恰好をするにしても、苦しい・きつい・頑張らねば着られない服はＮＧです。我慢がきかなくなるお年頃ですし、オシャレをするために疲れて、具合が悪くなってしまっては本末転倒ですからね。

よく、「綺麗でいるためには苦労はつきもの」と言いますが、お年頃に関しては、「健康で幸せでいるためにオシャレもする」のです。だから、着心地がよくて、着脱が楽で、しかもちゃんときれいに見える服装というのを心がけるべきなのですよ。

四十代になると、みなさん、「何を着たらいいのかわからなくなる」と言いますが、私もそうでした。そしてこの十年間、試行錯誤の末、たどり着いたのが「楽で優雅なワンピース」という結論だったのです。

ジャージ素材で、上からストンと着られて、しかもカシュクール型で胸元キレイにウエストも絞れて見えるワンピース。肌触りのいい化学繊維なので洗濯機で洗えるのもＧＯＯＤ。なぜなら、このお年頃は脇汗も結構かきますからね。いつでも清潔を保つには、家で洗えるものでないと。

私のオススメブランドは、マドモワゼルとシネカノン。渋谷マークシティの「ＬＵＸＥ」で発見したのですが、お値段も一万円台とお安く、ヘビーローテーションでクタクタになるまで着捨てても惜しくないのです。バーゲンならさらにお安く手に入ります。

これを何着か持っていて、その日の気分で着まわしているのです。新しめのものはお食事などのお出かけに、クタってきたものは普段着にします。

なにせジャージ素材なのでおなかが楽で、食事をしてもウェストがきつくなるということはありません。そして、ゆるいのにウェストが絞れて見えるので、このワンピースを着るといつも誰かに、「あれ？　痩せた？」と言われるのですよ。これも嬉しいポイントですよね。

足元、エコおばさんになってない？

靴もねぇ、ハイヒールが女らしく見え、きれいなことはわかっていても、四十代以降はかなり気合い入ってないと無理です。歩くのが困難だし、疲れ方もハンパじゃありません。そして、よもやカクッとなっちゃったりしたら、足首捻挫《ねんざ》が長引くことは目に見えています。痛いし不自由だし、それによる運動不足で全身的に健康・美容度がダウンしてしまうのを想像すると、怪我だけはしたくないですよね。

私もたまに、ここ一番（テレビ出演やホテルでのお食事）というときハイヒールを履きますが、コケないように歩くときの緊張感ったらないです。この緊張感が好きでやめられず、外反母趾《がいはんぼし》になってもハイヒールを履き続けるご婦人もいらっしゃいますが、私は数時間で脱ぎ捨てますね。あとはお蔵入りです。

足は地面と平行になっていたほうが一番健康的だし安全。私もそのために、三十代後半からビルケンシュトックの健康サンダルを愛用していました。でも、四十代後半になって、はたと気づいたのです。

「私ったら、かなり年期入ったエコおばさんみたい……」

そう、足は心地よくても、見た目は厳しい。こういうのがオシャレに感じられるのも、若い証拠なんですね。夫はもうずっと前から私のビルケンを嫌っていましたが、自分でもやっと気づいたのです。もっと綺麗な靴を履け、たまには綺麗な恰好をしろと、言われていたのですが、「うるせー　バカ！」と思っていました。

というわけで、ビルケンは玄関履きとし、お出かけの際にはハイヒールは無理としても、多少キレイめの靴を履くことにしたのです。

冬はもっぱらブーツですが、暖かくなったらローファーやオペラシューズ、ローヒールのパンプスやサンダルを楽しむ。これも、男にはできない楽しみなので、女の特権ですよね。年齢制限もありません。

ただし、どの靴も歩きやすく安全なことがお約束ですよ。かといってウォーキングシューズにいきなりなると高齢者みたいですし、まだまだ、華奢《きゃしゃ》でオシャレな靴を履いてください。そのためにストッキングもたまにはくようになりました私も（笑）。

3 香りマジックでお年頃女子力UP!

四十代からは女らしい甘い香りで♡

私の母は香水が好きで、ずっとディオールのディオリッシモ（オー・ドゥ・トワレ）をつけていました。幼心に、母の化粧品や香水のボトルはファンシーで素敵だなと、憧れていたのです。

ところが大人になってみると、八〇年代のアンチセクシュアル＝最先端という風潮に感化されてしまい、女らしさとは無縁の半生を送ってしまったのです。

しかしお年頃になってしみじみ感じるのは、女性性への憧憬は、体現できるうちにしておかなきゃ、ということなのです。

四十代、五十代はまさに熟女時代。それが似合うお年頃だし、誰に見せるわけでもなく〝自分が気持ちよく〟なれるツールですからね。

三十代までは、あからさまに女っぽいのは恥ずかしいという気持ちがまだあったかもしれないアンチセクシュアル系女子でも、四十代は女性ホルモンの激減とともに、もう恥ずかしくなくなるお年頃でもあります。客観的に自分を女として見られるし、楽しめもするのですよ。

まさにこれは、オカマな気分。

「もし自分が本当の女だったら、これもしてやるし、あれもしてやるわ！」みたいな気分で遊び半分シャレでできるのです。

香水もその一つ。若い頃は、ローズ系の甘い香りなど女っぽすぎて、つーかオバサンちっくでつけられなかったけど、今は大好きな香りとなり、しかも似合う自分になったということに我ながら驚いています。

かつては、嗅《か》ぐと具合悪くなっちゃってたジャスミンやイランイランなど南国のお花系も、四十代になってから〝いい匂い〟と感じるように……。これらはエキゾチックなハイダウェイ感覚をもたらすとともに、媚薬的なまったりとした香りで、乾いた日常に潤いをもたらしてくれるのです。

それと同時に、ホルモンバランスを整えることで有名なエッセンシャルオイルでもあります。ゼラニウムやクラリセージのように癖がなく、香水や石鹸、ボディクリーム、ルームスプレーにも広く使われている馴染《なじ》みやすいものです。香水に馴染みのない人は、まずはこのへんから使いはじめてみてもいいかもしれません。

年齢問わず至福感をもたらすエッセンシャルオイルとして有名なのはローズとネロリ（オレンジ系）ですが、この二つは誰にとってもお馴染みの香り。安心できる香りと言ってもいいので、ルームスプレーやピローミストからスタートして、香りの効果をまず実感してみるのもいいかもしれません。

私も三十代はもっぱらそれで楽しんでいましたよ。大好きなラルチザンパフュームも、実はフランスの高級ルームスプレーなのです。もちろん自分につけてもいいけど、ピローミストにしても素敵。私は「バラ泥棒」と「インドの薔薇」の二つを持っていて、ほとんどピローミストとして使っています。

香水の出番は加齢臭が出てからこそ！

日本人は、世界で最も香りに弱い人種だと思います。体臭がきつくないので、香水が体臭と混ざらず、それだけの香りが際立って、むせてしまう人が多いのではないでしょうか。私もそうでした。三十代までは、香水をつけると具合悪くなっちゃったし、つける必要もなかったのでつけなかったのです。

四十代になってつけはじめたのは、私より夫でした。加齢臭が気になり、出かける前の朝シャンと、〝香水ふりかけ〟をはじめたのです。つけすぎて逆にくっさぁ〜みたいな。

でも香水は、体臭と混ざり合ってこそオリジナルのいい匂いになっていくもの。時間の経過とともに、香水ではなくその人のいい匂いになるのです。

そう考えると、日本人は加齢臭が出てきて初めて、香水が似合うようになるとも言えるのではないでしょうか。

とすると、香水も一つの、年齢を重ねる楽しみです。ホルモンバランスのせいでニオイに敏感になってしまうこともありますから、自分自身いい匂いと感じることで、安心だし幸せですからね。

さらにこのお年頃は脇汗などもかきやすいので、香水をつけたほうが無難です。そうたびたびシャワーも浴びてらんないですから。あの、薬局で売られているエチケットシートで脇汗を拭きとる行為もなんだか、素敵じゃないですし（笑）。

梅雨どきから夏は、シトラス系やミント系もサッパリしていいですね。でも私は、お年頃女子の女子力をUPするには、断然お花系の香りだと思いますよ。かつては「重い」と感じられたジャスミン、イランイラン、パチュリーも、高温多湿の日本の夏にぴったり。

そして熟女にぴったりです。

さらに進んだお年頃には、バラにスパイスを足して中性化した香水もあります。「LE《ル》＊ LABO《ラボ》」という香水屋さんですが、ここのROSE31は、夫と共用できる甘辛な香水。キャリアウーマンは特に、男性ホルモン優位になっていくお年頃ですから、ROSE31あたりをつけておくと、自分にピタッとくるのではないでしょうか。代官山店はお店も素敵だし、その場で調香してくれるので超フレッシュです。

　女らしい恰好をして、香水をつけておくと、中身はどんだけ男でも、世の中の人は素敵な女の人として丁寧に扱ってくれます。見抜けないなんてバカだなーとは思いますが、得するのは自分ですので、利用しない手はないのです。

　これが香りの神秘。女子力を恋愛に使う機会も普通の四十代にはそうないでしょうから、日常使いをオススメします。

　たとえばタクシーに乗った場合ですね。いまどきの運転手さんは高齢の男性が多いので、四十代女性はまだまだ「若い女」の部類。ちゃんとオシャレをして香水をつけていると、タクシーの運転手さんにも優しくされるのですよ。

　私など、たまに初乗り料金七百十円で最寄り駅まで行ってもらえ（フツーは八百～九百円かかる）、

「十円もいらないからね、ありがとう」

　と感謝されるのです。

　これぞ香りのマジック。いい匂いで癒されるのは、自分だけじゃないんですね。

　夏は非常時用に、アトマイザーで好きな香水を携帯するのをオススメします。多汗な時期でもあるし、公共の場でどうしても他人のニオイが気になっちゃったときは、ハンカチにかけて口元をふさいでもいいですからね。

ラベンダーのエッセンシャルオイルをお守り代わりに持っていて、手首につけてもＯＫです。

＊「LE LABO」
多くのセレブリティを魅了するニューヨーク発の香水ブランド。
http://ordermadeguide.com/lelabo/

4 ちゃらちゃら&キラキラが身支度のコツ

男も女もやっぱり綺麗な人が好き

以前ロータスのマネージャーをやってくれていた女性（四十歳）は、女らしいことが大嫌いでした。すっぴんで短髪、スキンケアも無香料のコールドプロセス石鹸で全身洗い、何もつけない。男らしい恰好をしてアクセサリーもつけなかったのです。

ところがロータスに通いはじめてから私に感化され（笑）、アクセサリーをつけたり、女らしいサンダルやスカートをはいたりするようになったのです。

すると、みんなにきれいになった、可愛くなったと言われるようになりました。人生四十年、きれいとか可愛いと言われたことがなく（美形なのに）、ブスキャラで過ごしてきたために、これは本人が一番驚いたことだったのです。

それまで夫を含め男友達としか過ごしたことがなかったので、ロータスで女友達ができ、生活の幅が広がりました。アンチセクシュアル系の人は、どこか自分の女性性に対して否定的な部分があるのですが、いざ踏み込んでみると、それはそれで楽しみも喜びもあることがわかるのです。メンドクサイと思っていた女友達とのつきあいも、人によっては楽しいことがわかりますしね。

四十代を人生の折り返し地点としたら、今までサッパリと男っぽく過ごしてきた人ほど、初めての気分で女らしさを楽しんでみてはいかがでしょうか。やってみると己の女性性や女性美を楽しめますすよ。なにしろ、どんなに性格が男っぽい人であろうと、肉体は女性なのですからね。

そして世の中の人は、典型的な女性美というものに対して、多大なる愛情を注ぐのです。これは男の人だけでなく、女性でも、綺麗な女の人が好き。何歳でも、綺麗にしている女性には、敬意と愛情を持ちます。もともと美人じゃなくていいんですよ。綺麗にしていればいいんです。故・森光子さんがいい例でしょう。

「光のマジック」を使わない手はない！

四十代以降は、もともと美人かブスかというより、綺麗にしているかしていないかが大きな勝負所になります。元美人でも、オバサンになってしまっては終わりなのです。

「昔は綺麗だったんだろうねぇ」

なんて言われても嬉しくもないだろうし、逆に失礼じゃありませんか。

周囲の四十～五十代の女性たちを見ていると、年とってますます素敵になっていく女性は、セルフメンテナンスをきちっとしていますよね。そして、ちゃらちゃらと装うことをいとわない。特にアクセサリー類はちゃらちゃら＆キラキラです。

この、ちゃらちゃらキラキラした感じが、くすみはじめたお肌に輝きを与えるのです。メイクもそうですが、コンシーラーでくすみやシミを隠し、パール入りファンデやハイライトで輝きを与えてこそ、輝いてくる。光のマジックをいたく感じるのが、四十代以降なのです。このマジックを、使わない手はありません。

「え～、でもつけるのめんどいし、疲れるし……」

と思ったそこのアナタ！

私も四十代前半には、加齢とプレ更年期症状がぐっと来て、アクセサリーをつけることすら億劫《おっくう》になりました。金属アレルギーも出て、もうアクセサリーなんかつけないでもいいやと思ったものです。着脱もめんどいし、高価なものならなくさないよう気をつけなきゃならないのも難儀です。

が、世の中の人、そして男の人は特に、アクセサリーなどの光りものに目が行くのですよ。人はキラキラしているものには注目するようにできていますからね。すると、背景（それをつけている人）はぼやけて見える。ここがポイントです。つまり、肉体・お顔にはソフトフォーカスがかかって、光っているものの美しさが際立つというわけです。

こうなると、全体の印象として「綺麗な人だな」となる。そして、アクセサリーをちゃらちゃらつけている自分を、そういう女らしい女として楽しみ、周りも、アクセサリーもちゃんとつけている女らしい女、という印象を持つ。自分の女性性はＵＰしホルモンバランスも整い、周りからも恭《うやうや》しく扱われるようになるのです。

色気の演出はプチ女らしさ♡

前項の香水もそうですが、いわゆる典型的な女らしさを身につけていると、お得なんですよ。褒められたり、喜ばれたり、優しくされると、落ち込んでいた気分もＵＰしますからね。お年頃には大切なことです。

それも、アートっぽいごついジュエリーじゃなく、プチッとした可愛らしいアクセサリーであることが望まれます。華奢《きゃしゃ》で万人に好感度の高いデザインを選びましょう。驚くほどデカイ宝石なんてもってのほかです。カラット数の高いダイヤモンドも避け、メレダイヤぐらいにしておきましょう。

靴もそうですが、華奢なものには、男女ともなぜか憧れがあるのですよ。ごつい女ならなおさらだし、男性はみな、華奢なものこそ、女性に似合うと思っていますからね。もし自分が女だったら、こんなのしたい♡と、潜在意識では思っている男性も多いでしょう。日本はセクシュアリティがはっきりしませんから、自分を淡白なストレートと思って一生を過ごす男性も多いですからね。

特に男性は何歳でも典型的なことが好きです。エリートキャリアウーマンとして生き、中性化しちゃった四十代女性が、ここにきて驚いていました。おつきあいをはじめた男性が、手編みのセーター、手作りのバレンタインチョコ、手料理を彼女に望んだのです。

「男ってほんと、典型的なことが好きなんですね」

とバカにした顔で言っていました。

「そんなの、本見れば誰にでもできることだから、特別でもなんでもないのにね」

と……。

こういう、なんでもできる出来のいい人や、いわゆる典型的なことを無個性として嫌ってきた個性派の人たちにとっては、今さらそんなバカバカしいことできるかって感じでしょうが、今こそやってみんさい。その効果に驚きますから。

私から見ても、同世代や年上の女性たちが身繕《みつくろ》いと身なりをちゃんとしているのは、麗《うるわ》しいですからね。頑張りすぎていてもイタイけど、サッパリしすぎていても寂しいじゃないですか。自然体だと色気がなくなってくるお年頃、ちゃらちゃら&キラキラで色気をプラスしてくださいね♡

5 自分を優しくお姫様扱いしてあげよう

本音は「周りから優しくされたい」お年頃

四十代ともなると、家庭でも社会的にも、女性として丁寧に扱われることが少なくなります。まぁ、誰からもお姫様扱いされる特別な人は別として、大抵は……会社では敬して遠ざけられ、家庭では「家政婦のミタ」気分にさせられているのではないでしょうか。

加齢による顔のタレも、周囲に与える影響が強いかと思います。

四十代独身会社勤務のある人は、怒ってもいないのに部下に怒っていると思われていて愕然《がくぜん》としたと言います。フツーの顔が怒っているようにしか見えなくなっていたのです。

私もこれは、四十代になってから気づき、人前では常に微笑んでいる状態をキープするよう心がけています。常に微笑んでいれば、ほうれい線も気になりませんからね。

でも、気を抜いた家庭の中では、寂しそうな顔、怒っている顔、不満そうな顔に見えているでしょう。パソコンの画面に映った顔なんて、自分でもぞっとしますからね。

家ではすっぴんでいることも多く、顔色の悪さも加齢に拍車《はくしゃ》をかけます。さらに、汚れてもいい洗いざらしのジャージやパジャマでは、旦那様だってとてもじゃないけど、優しくする気にもなれないでしょう。そのため、女という意識の高い女性は、家でも起き抜けからメイクしてちゃんとオシャレして家族の前に登場するのです。私の母もそうでした。

でも、そんなことができる四十代以降の女性が、どれほどいるでしょうか。みんな疲れ切っていて、さらに更年期の不定愁訴《ふていしゅうそ》が出ています。具合が悪いのに、そこまで気合いを入れて自分をショーアップする気にもなれないでしょう。ドレスアップは、たまに気合い入れたって疲れるのに、毎日のこととなったら、命削れてしまいます。

ただ、だからといって、ぞんざいな扱いを受けるのもつらいものがあります。リラックスしたいけど、優しくもされたい、という贅沢な年代であり、お年頃です。でも、正直だれからもお姫様扱いを受けられなくなるのが事実です。せいぜい年下の、心ある女友達からぐらいでしょうか、気を遣われたり優しくされたりするのは。

そんな友達も、お年頃。過度の期待は、大切な友達すら疲れさせてしまいます。一番いいのは、自分で自分をお姫様扱いしてあげることですよ。夫もお年頃ですから、期待しても裏切られるだけです。

期待しなければ、たまの勝手な優しさは、天から降ってきたご褒美のように感じ、素直に喜べます。子どもに期待するのも無駄です。家族なんてみんな勝手で、自己愛の塊《かたまり》ですからね。

ただ自分だけは、自分を裏切りません。疲れたら、優しくしてあげられるし、無理のない範囲で楽もさせてあげられるのです。自分を優しく扱ってあげるのは、他ならぬ自分自身。それがよーっくわかるのも四十代です。体のケアも、心のケアも。セルフケアなくしては、四十代は乗り切れませんからね。

幸せオーラをまといたいなら聖子ちゃんを聴きなさい！

ロータスにオカマのヒーラー、エージママを呼んで「女子力ＵＰ講座」をしてもらったとき、教えてもらった女子力ＵＰの方法があります。

それは、

①自分にバラの花を毎日買ってあげる

②メイクをするとき松田聖子の歌を聴く

③男性と頻繁にかかわる

の三点。

①は、なにもバラの花でなくてもいいと思うんですが、やはりバラの花は男性から女性への愛の告白に使われるものだからでしょうか。

②の聖子ちゃんの歌は、文句なしに三回も結婚した女性の歌だからだそうです。

「悲しみや怒りを歌い上げる明菜の人生と、聖子ちゃんの人生を比べてみなさいよっ。絶対カラオケでも明菜は歌っちゃダメよ!」

というのがエージママのコメント。エネルギー的に幸せオーラと女子力をUPしていけば、五十代での結婚も夢ではないのだそうです。

そして③の男性とかかわる、ですが、これは何もセクシュアルな関係でなくてもいいから、とにかく男性とかかわるのがいいんだそうな。子どもでもおじいさんでも、男性とかかわることによって女性であり続けることができる。

まぁこれは実感として私もわかります。いくら夫がウザイといっても、ここで別れて一人になってしまったら、完全にオヤジ化してしまうのは目に見えてるもんね。自分よりもっとすごいオッサンがそばにいることで、反面教師的に女でいられるというか。

あとは絵的、美的に女っぽくしていたほうが、オッサン同士でいるより麗しいしね。

奢《おご》ってばかりじゃ、きっぷのいい男になっちゃう!?

四十代になったら、どんなに経済力を持っても、男性と一緒に出かけたら、自分からお支払いをしようなんて思わないことです。美しく装って、微笑んでいれば自然にお支払いしてもらえます。それでこそ男が立つし、女でいられるというものです。

女性同士でも、やたらめったらに奢らないほうがいいのです。相手の経済力を慮《おもんぱか》って奢ってばかりいると、だんだん男になっちゃいますからね。自分の中の女性性が、女相手でも悲しんでしまいます。お誕生日とか、何かのお礼とかならいいけど、自分のほうが経済力を持っているからって奢るのは、女らしくない。きっぷのいい男になってしまいます。

ケチ臭いようですが、精神的にも女でいつづけたかったら、奢っちゃダメですよ。相手が、快く奢れるような自分でいつづけることが、何歳になっても女らしくいつづけられるコツです。

これが六十以上とかになったらまた違う世界になると思うのですが、四十代はまだまだひよっこです。マダムになるには修業が足りないでしょう。

男性とかかわることに関しては、自分や友達の息子でも、最寄りのスポーツジムのインストラクターなど誰でもいいと思います。セクシュアルな関係や感情抜きにしても、女性であることを意識させてもらえますからね。赤ちゃんや、犬や猫でもいいですよ。男性性は、あまり変わりなく存在していますからね。

故・森光子さんなどは、何十歳も年下のジャニーズたちとデートや共演をしつづけていらっしゃったじゃないですか。見上げた女優魂ですよね。生涯女っぽく、愛らしくいつづけるには必要なことだったのでしょう。あの、ステージでの「お姫様抱っこ」ですよね。あれは全女性の憧れではないでしょうか。そんなファンタジーをあのお年で演じられた……女優の中の女優です（涙）。

ま、一般市民である私たちも、その精神性だけでも見習いたいものです。誰もお姫様扱いしてくれなかったら自分でする。そのぐらいの覚悟は、四十代からは必要ですよ。

バラの花を毎日、じゃなくても、季節のお花をたまには自分に買ってあげましょう。私は仏壇に飾ってますけどね（笑）。

6
女形《おやま》気分で女らしい所作を楽しもう！

年をとることは楽しみの幅が広がるということ

娘に「カーチャンの時代遅れっぷりが好き」と言われながら、ドラマ『渡る世間は鬼ばかり』にはまっていることはすでに言いましたが、テレビがあまりにもつまらなくて、「見るもんないじゃーん」とケーブルテレビをプチプチやっていたところ、なんと初めて見る橋田壽賀子ワールドにみごとにはまってしまったというわけです。

リアルタイムでは見ていないものの、まさに私たちの青春期が背景のこの作品、文化的・社会的懐かしさもあり、描かれている人間模様も、今でこそ楽しめる内容だったのです。結婚生活の大変さとか、やってみなきゃわかんないし、年とった人の気持ちも、自分が年とらなきゃわかんないもんねー。

人間の欲と優しさ、残酷さ、情けなさ、滑稽《こっけい》さ……「身内が一番エグイ」というリアルな人間模様を描き切るあまりの完成度に驚き、橋田壽賀子のすごさを今さらながらに初めて知りました。

若い頃は、泉ピン子って？　橋田壽賀子って？　と、まるで理解できない世界でしたが、年をとるって、楽しみの幅が広がることでもあるんですねぇ。いやぁ、日本のホームドラマもいいですわ。

さて本題に入りますが、このシリーズを見ていて改めて注目したのが、女優陣の女らしさ。それはもう現代では不自然に見えるほど、女らしい所作なのです。

特に注目すべきは、*長山藍子《ながやまあいこ》さん。子どもの頃からドラマでお見かけはしていた女優さんですが、この年になってみて初めて、その魅力に気づきました。年とってもこんな色っぽい女優さん、他にいないいんじゃないですかね。

しかも、上品な色気なんです。本当にいいとこの奥様風の……。つーか深窓の愛人風？　深窓の愛人つーのもよくわかんないけど、大富豪のお妾さんっていうか。とにかく男性が生涯をかけて大切に愛し、別宅にしまっておきたくなるような色気と可愛らしさなんです。

女優なので、泣いても涙は出ないし（メイクが崩れるから）、お風呂上がりにもフルメイクの上から鏡台の前で化粧水パッティングしたりするんだけど、いちいち可愛らしいし色っぽいんだよな〜。旦那の後ろについてお出かけするところなんざ、必要以上に色っぽくて「何者？」って感じ。「奥さんじゃなくて絶対愛人だよ」的な。

こんなに脇の女優さんに激注目する人も珍しいと思うけど、みなさんこの年でこそ参考になるのでぜひ見てみてください。

あのふんわりした優しさ、奥ゆかしさと女性らしさを身につけられたら、自分だけでなく周囲の人もどんなに幸せになれるか。そのぐらいの、賛美に値する女性性なのです。これはもう作られた女性性というか、表現者としての才能と言えるでしょう。

四十代からは「女優魂」でいこう

四十代、女性は女性ホルモンが減少していきます。平均五十歳が閉経の時期と言われていますから、そこに向かって女性らしさは激減していくのです。

でも、女性の肉体を持って生まれた限り、生涯カタチは女性なのです。そこを慈《いつく》しみ、楽しんでいきましょう。

中身がどんなに男性性優位になっても、この肉体に合う表現、所作で生きるのですよ。それでこそ麗しい自分でいつづけられるでしょう。それはもう、女形《おやま》を演じる歌舞伎俳優のごとく、女性より女性らしい女を演じる女優のごとく、ですよ。

私はオカマの友達が多いので、彼らが往年の女優さんたちの写真集や映画のＤＶＤを見て、その所作を研究しているのを知っています。アメリカ人のオカマなんか、まんまルシル・ボール*みたいな人だっていましたよ。ヘアメイクや服装も、パーティのときなんか真似しちゃうからね。ふだん短髪で男の子の恰好でも喋り方や所作がそのまんまなのでおかしなものですが（笑）。

ベリーダンスを習いはじめた頃、臆面もなく女らしい動きや表情を見せるおっしょさんに面喰《めんくら》ってばかりいましたが、「りか、芸事なんだから恥ずかしがらずにやんなっ」と厳しく指導され、十年ぐらいかかりましたがやっとできるようになりました。ベリーダンス踊ってるときだけですが、女性性、女っぽさを存分に味わえるようになったのです。

年齢のせいもあります。三十代ではまだ女っぽくふるまうことや、人前で優しさや切なさを表現することは恥ずかしかったのですが、今では開き直ったもの。なんせ、ふだんの生活にそういうものがまるでないので、素《す》の自分とは関係のないものとして楽しめるのです。

とはいっても、同じ肉体です。その女体（笑）は、女らしい所作、まったりした優雅な動き、ひらひらのドレス、はらはらのロングヘアによってこそ輝き、潤いを取り戻すのですよ。

私もそうですがみなさん、ふだんはシャキッとして日々の雑事や家事、仕事をこなさねばならないので、しどけなく横たわっていたり、髪も結ばず官能的な時間なんて過ごせないでしょう。私の「ベリーダンス健康法」は、一時間でそのすべてが味わえるのです（ショップチャンネル風）。

「枯れない花」ほど怖いものはない!

女性ホルモンが目減りしていくのは自然のことです。それを受け入れたくない人は、ホルモン療法などしていくのでしょうが、「枯れない花」ほど怖いものはありません。プリザーブド・フラワーと言えば聞こえはいいけど、添加物漬けの花、ですよ。

そんなプラスティックな美を身につけるよりは、自然に枯れていきながら、芸事としての女らしさに磨きをかけていくほうが、ずっと美的であり、芸術的です。

話は戻りますが、「渡る世間」には、杉村春子《すぎむらはるこ》さんや森光子さん、渡辺美佐子《わたなべみさこ》さんといった往年の名女優たちも出ているので、本当に参考になります。

女性ホルモンが減っていく、閉経を迎えて女でなくなる、なんて泣きごと言ってないで、この「女体」を持って生まれてきたことを喜びましょう。だって形が女である限り、演ずれば本物以上に輝けるはず。

「でも演技力がぁ……」

なんて、やらない前からあきらめているアナタ!

死ぬまでに何十年か修業期間はありますから、安心して挑んでください。ちょっと先輩の私から言わせてもらえば、恥ずかしげがなくなるこれからのほうが、演技に磨きがかかり、習得も早いはずですよ。

日常生活で研修が難しい方は、ぜひ、私の「ベリーダンス健康法」のクラスにお越しください。ベリーダンスは「命を寿《ことほ》ぐ踊り」。きっとご自分の肉体を慈しみ愛せるようになり、女体を持って生きていることを楽しめ、喜べるようになりますよ！

＊長山藍子
橋田壽賀子作品の常連女優。「男はつらいよ」テレビ版さくら役を演じるなど、テレビ・映画で広く活躍している。
＊ルシル・ボール
ホームコメディ「アイ・ラブ・ルーシー」が代表作のアメリカ人女優。

7 腐っても鯛！ アガっても女！

四十代のセックスレスは当たり前

加齢と更年期のお悩みによくあるのが、

「自分が女でなくなってしまうのが怖い」

ことですが、生理がなくなる＝女でなくなる、という考え方自体が男性優位であることに気づいてください。

生理がある＝生殖能力がある＝俺様の子どもを産ませることができる女、という俺様主義の洗脳なのです。

また、既婚女性のお悩みによくあるのが、

「夫との肉体関係がなくなり、外に女を作られるのが怖い」

というものですが、そんな夫婦関係＝セックス、という、あまりにも動物的な考えはこの際捨ててしまいましょう。

自分が性的に求められなくなったのを悲しんでいるご婦人も多いと思いますが、それは自然の成り行きなのです。男性も四十代ともなると疲れが出てきますので、あっちのほうはＮＧとなるケースも多いのです。年とってもなお〝お達者〟な人もいますが、まぁ少数でしょうね。

あっちのほうがほぼＮＧでも、スケベ心が捨てられず、家庭外セックスを求める男性もいますが、相手の女性には、「大したこともできないくせに浮気すんなっ」と心の中で罵《ののし》られていますよ。本人が知らないだけです。

愛妻家で、ほかの女とは決してイタさないという人だって、その奥様ともイタさなくなるのが自然です。それを寂しく思わないことです。ＮＧなものを無理に奮い立たせようとバイアグラなど飲みますと、それで命を削ることになってしまいますからね。

女性だって同じですよ。うるおい成分が自然と枯渇しますけど、それをピルなどで改善したりしたら、体全体のオーケストレーションを台無しにしてしまいます。保湿ジェルまで使用してイタす必要もないし（そこまでしたら完全にオカマですからね）、同じことをしても、若い頃と同じようには楽しめません。

性ホルモンが目減りしていくということは、性欲もなくなっていくのです。性欲なきものを無理に頑張っても、大した快楽も得られません。同じことをして快楽が過去の十分の一としたら、それは、相手を嫌いになったわけではなく、自分の中の性的ホルモンが十分の一になった証拠なのです。

男性も女性もそのことをよく自覚して、お互いを慈しめば、夫婦関係も暗礁に乗り上げることなく、これからもうまくやっていけるのではないでしょうか。求められない自分、したくならない自分を寂しく感じないことですよ。もうさんざんしたのですから、いい加減卒業してもいいでしょう。

リスクを冒すよりは、妄想力を上げて♡

だいたい考えてもみてください。生涯連れ添って、ずっと旦那にヤラれたがられたらどうでしょう。想像するだに、辟易《へきえき》しますよね。それも、相手だって年とってるわけですから、韓流スター相手に妄想してたほうがよっぽどいいのではないでしょうか。

また、こういう問題には個人差があり、若い頃満足に経験しなかった方は、この年になって思いが残り、最後の仇花《あだばな》を咲かせようと焦る傾向もあります。旦那に相手にされないからって、フェイスブックからヤケボックイに火がついたり、また、職場のダブル不倫にはまったり……。

まぁそれで、本人たちが満足で、長年の夫婦関係や家庭を壊しかねないというリスクを上回る快楽が得られればいいのですが、はたしてどうなんでしょうか。誰を相手にしたって、やがては食傷と倦怠がきます。私は、恋愛やセックスは適齢期にこそエンジョイできるものだと思っています。

年をとってもヤリたがるのは、もう消化能力がないのに、薬を飲みながら暴飲暴食しているのと同じです。どこかに負担がかかるだけですからね。あまり健康的とはいいがたいでしょう。

家族に内緒で、仕事だと嘘をついて、愛人宅に通い続けた四十代男性が、心筋梗塞で倒れて入院。家族しか病室には入れないので、愛人（私の友人）は悲しい思いをしたという話もありますからね。それじゃあ、どっちも不幸じゃありませんか。家族は自分たちのために頑張って、お父さん倒れたと思っているわけですから。

うまくいったケースとしては、四十代で不倫から離婚、子どもが成人したところで不倫関係だった相手と再婚した女性もいます。バツイチで年下の独身者と結婚したケースもあるし、四十代初婚同士で、もう生理もアガっているので子どもは望まず、二人の幸せを考えて大人婚した人たちもいます。

個人差のある世界なので、一概にどうとは言えませんが、私を日本人の平均値として考えると、四十代以降のセックスレスは当たり前だと思います。我が家も四十代前半にはまだありましたが、だんだんと「うちゃ七夕だから」の世界になり、とうとうまったくなくなりましたからね〜。それでも夫婦であり続けるのだから、肉親に近い関係になった、ということでしょうか。

何もセックスだけが女性性を発揮できるところではないので、みなさんセックスしなくても、安心して生きてくださいね。もし、お宅の旦那様が、もうセックスしたくないから別れて、セックスしたい女と一緒になる、なんて言うような男だったら、別れたほうが賢明ですよ。それはもう、飽きたからってペットを捨てる、自分勝手で無責任な人ですからね。

まだ三十代の方たちは、今後夫や彼氏に求められなくなる＝女でなくなるという不安に駆られているようですが、女性として生まれた限りは、死ぬまで女性なのです。その肉体を寿《ことほ》ぎ、慈しんであげましょう。

女性は何歳になっても、そこにいるだけで周囲を潤し、まろやかにする存在なのです。家庭や職場、街や村や公園、お店やなんか、どの場にも、男だけだったらと想像してください。むさ苦しく、空しいものですよ。私たちは腐っても鯛。いてくれるだけでありがたい存在に、これからはなっていくのです。

第5章
人生に潤いを与えるちょっとしたコツ

I 更年期のネガティブな感情は断捨離《だんしゃり》しちゃおう

抗うつ剤に頼るより、適度な飲酒のほうがまし！

四十代は苦しみの連続でしたが、五十になって気づいたことがあります。あきらめると、ほぼすべての苦しみからは解放されることです。

人間関係にしても、自分の人生や生活にしても、「なぜ？　どうして？　もっとこうあるべき……」と考えるのをやめ、現状を受け入れるのです。

目の前の現実がどうにも受け入れがたい場合は、そこに焦点を合わせず現実逃避するという手もあります。なんの解決にもならないかもしれませんが、自分の心の健康はこれで守れるはずです。

うつ病の状態をエネルギー的に見ると、テレビ画面がたくさんある部屋に閉じ込もって、不安や恐怖、心配事の妄想映像を見続けている状態だと言われています。抗うつ剤を飲むと、その映像がざーっと流れて見えなくなっている状態を作り出せるのだそうです。根本解決にはなっていないけど、そのあいだに頭を休ませることができるので、自殺を食い止めることができるとか。

ただ、抗うつ剤を飲むとエネルギー的にはオーラ第二層が灰色になってしまうそうで、長期の使用は危険だそうです。オーラ第二層は第二チャクラとつながっており、第二チャクラは生命エネルギーの源ですからね。最終的には自殺願望が出てきたり、生きる気力を失ってしまうケースも多いそうです。つまり、逆効果ってことですよね。

更年期のホルモンバランスによる憂鬱や焦燥感は、抗うつ剤によってはよくならないと思います。更年期外来でも処方されるようだし、それでずいぶん楽になったという人もいますが、十年という月日を抗うつ剤を飲みながら過ごすのはどんなものかなと……。副作用の心配だってあります。

私はお酒を飲めるので、ネガティブな感情を断捨離するには、手っ取り早くお酒を飲みます。休みの日など、ランチタイムから飲むこともあります。

お酒に弱くなってきているので、一杯、二杯で簡単にハッピーになれるから安いものです。眠れないときは夜、赤ワインの助けを借ります。赤ワインが一番ゆるんで眠くなるのですよ。

お酒も副作用の心配があるので、家で飲む場合はできるだけオーガニックワインにしています。そして量はせいぜい一、二杯。深酒はしません。できないというか。加減をしさえすれば、酒は百薬の長とはよく言ったもの。食欲も出るし、素面《しらふ》だったらつまらないことも、楽しくなります。

そして大らかな気持ちになれ、素面だったら気になることも、気にならなくなるのです。家族にもイライラしなくなり、実際シャキシャキ動けなくなるので、家事も仕事も休むことができます。深刻な悩みからも解放され、くだらないテレビでも見て笑える時間を作り出すことができます。お酒は天然の抗うつ剤ですよ。

お酒が飲めない人はカフェインを減らして

お酒が飲めない人でも、この時期、嗜《たしな》む程度はトライしてみるのをオススメします。私の母も下戸《げこ》でしたが、更年期には「寝酒」と称して養命酒を飲んでいました。一滴も飲めないという人は、朝からすべてのカフェインを断捨離することをオススメします。

私も午後三時以降はカフェイン入りの飲み物は飲まないようにしています。四十代は睡眠の質が下がるので、カフェインが邪魔をしてますます眠れなくなりますからね。生理前にはもっと眠れなくなりますから、意識してカフェインを減らし、カモミールやラベンダーなど、眠れるハーブティを飲みましょう。

たっぷり眠れていれば、なんとかやりきることのできる十年間ですが、不眠が一番苦しいと思います。うつの入り口はたいてい不眠で、眠れない夜にますます嫌なことばかり考え、妄想してしまいますからね。

あんまり眠れないときは、メラトニンを飲むという手もあります。これはセントジョーンズワートというハーブで、日本でもサプリとして売られています。ただお酒やほかの薬剤と混ぜるとシュールな夢を見たりしますから要注意。

時には現実逃避も必要悪

お酒や薬の力も借りなきゃならない時期ではあるのですが、何より更年期、そしてこれからをハッピーに過ごすコツは、何も考えずに日々を、この瞬間を楽しく過ごすこと。これに尽きます。それが難しいから、人生は悩ましいのですが、私はこの十年で、現実逃避が上手になりましたよ。

考えて嫌な気分になることは、考えなければいいのです。それでも頭がくるくる回転し、いろんなことを考えたがるというなら、楽しくなれることを考えればいいのです。好きなスターとのファンタジーでもいいし、実際の夢でもいいです。こんなことしたら楽しいかもしれないと、チャレンジする算段でもいいですよ。

考えて、散々楽しみ、やっぱり面倒だからやめた、でもいいのです。この十年間を、無事に過ごすためなら、現実味のない、楽しいことを妄想するのは無駄じゃないですからね。

夢とファンタジーは、生命力の自家発電みたいなものです。そしてうつは、ネガティブな妄想の自家中毒。どっちを選ぶかは、アナタ次第なのですよ。

自力でファンタジーを編み出す気力もない場合は、はまりもののドラマや本、漫画や小説を次々と探すのが◎。

私も、こんなにドラマを見たり本を読んだりするようになるとは思いませんでしたが、四十代はかなりこれらに助けられましたよね。助けられただけでなく楽しみにもなり、アクティブじゃなくなるこれから先も、おかげで楽しめるようになったのです。

ドラマ観賞や読書は一人でもできるので、人間関係の煩《わずら》わしさからも解放されます。現実の人間関係はとりあえずほっといて、ドラマや小説の中の人間関係に夢中になっているうちに、更年期なんか過ぎちゃいますよ。

現実の人間関係で怒り狂ったり悲しんだりして、眠れなくなって睡眠導入剤や抗うつ剤を飲みはじめ、ますますひどくなって体調を崩したり、大切な人間関係を壊したり、自殺しちゃったりするよりは、全然マシです。

重大な心配事が目の前にあるのに、ドラマや小説にはまって楽しく酒飲んでるような人にはなりたかないかもしれませんが、しようがないですよ、更年期は。そりゃ、明日食べるものや寝るとこがないぐらいの状況ならなんとかしなきゃなりませんが、そこまでの緊急事態に遭遇している場合、逆に悩んでなんかいられませんからね。

2 ご機嫌主義でいけば、毎日がハッピー

あきらめると明らかになることがある

このところ寒暖の差が激しく、更年期でなくとも体調を崩される方が多いようです。四十代で体を壊された方は、この気候で症状が再発、また悪化するケースもあり、友人の男性は散歩の途中で突然死してしまいました。

その彼は、まだ五十になったばかりでした。四十代でがんを患ったのですが、過激な放射線治療で克服、二年かかりましたが復活し、元気に暮らしていたのです。でも、生来のワーカホリックが災《わざわ》いして、また年を考えずに働きすぎ、お酒もタバコもほとぼりが覚めたらまたはじめていたようです。

「いくら好きだからって、命削ってまで仕事することなかったのに……」

と奥さんは言っていましたよ。

「みなさんも御身お大切に」

わが身を振り返り、身に沁《し》みました。

仕事が大好きで、嬉々《きき》として働いてしまう。疲れても、休息をとることが苦手で、何もやることがないと退屈で死んでしまいそうになる。そんな人って、日本人には結構多いのではないでしょうか。

やることがなければ、何かやることはないかと必死で探して、やらなくてもいいことまでやってしまう。そうやってわざわざ疲れているのに、疲れていることにすら気づかない。私にもその傾向があります。でも、更年期の体調不良で、さすがに休むことを知りましたね。

なにしろ、体温がコントロールしづらいのです。これってこの時期にありがちなアレ、自律神経の働きが悪くなっている証拠だと思うのですが。寒暖の差が激しいのも相まって、寒くなったら取り留めもなく寒くなり、温めてもなかなか温まらない。逆に、暑くなったらもう耐えきれないぐらい暑くなってしまい、冷たい飲み物などで冷やしてもなかなか収まらない。そしてそのあと、意味不明な熱が出ます。

四十九の真冬、家族でインド料理を食べに行って、駐車場から店まで歩いているうちに震えが来るくらい寒くなってしまい、暖かい店に入っても収まらず、熱っぽくなってきて一人で先に帰ったことがありました。

その後三日間、朝は微熱、だんだんと体温が上がり、夜には三十八度ほどになるという症状が続き、得意の自然療法を駆使しても治りませんでした。知り合いの女医に電話して相談すると、腎盂炎《じんうえん》かもしれないから尿検査と血液検査においでと言われ赴くも、検査の結果、どこも悪いところはなかったのです。

風邪の諸症状はなく、微熱が続く症状の出る疑わしき病気もすべてなかったので、まぁ原因不明ということでした。その後もたまに、屋外で冷たい風に吹かれたり、レストランで冷房がきつくて冷えたりすると、同じような症状が出て、微熱で三日寝込む、というようなことがあります。

病気でもないのになんとも熱っぽくて、冷えピタシートを貼って家でうだうだしていることになるのですが、三日もすれば治るのです。

更年期もここまで進むと、あきらめて休むしかありません。ちょっと前なら、毎日なんらかのボディワークをして健康度UP！　と張り切っていたのも、

「命削ってまで健康に磨きをかけなくてもいい」

という世界に突入したのです。とにかく自分を宥《なだ》めて、自分でドクターストップをかけています。

こんなとき思い出すのが、小さい頃よく聞いた、祖父の言葉です。

「りか、眠くなくても、安静にしてるだ（甲州方言）。そうすればよくなる」

と。

私は病弱だったため、よく学校を休んで寝込んでいたのです。看病してくれたのは、隠居部屋から出動した祖父でした。

つまらなくても、寝たり起きたりしながらうだうだ三日も休むと、休息以前よりずっと調子がよくなるので、そこで初めて、「ああ、疲れてたんだな、過労だったのね」と自分でも気づくわけです。

「焦らない、頑張らない、無理をしない」をうたい文句に

更年期は中年期の体から老年期の体にソフトランディングするための十年間。体の中では大変革が起こっているので、もうそれだけで精一杯なのだそうです。

ここで体を壊したくなかったら、そして、更年期症状をマイルドにしてこの時期を穏やかに過ごしたかったら、決して無理はしないことです。

「今やらなかったらいつやる？　今でしょ！」

と焦る気持ちもわかります。私もそうでした。

人生にそこそこの頑張りはもちろん必要です。でも、それで回復不能なほど疲れてしまっては、元も子もありません。更年期が過ぎると、また元気になれると先輩諸氏みなさんおっしゃります。この時期は、体の調整が難しくなっているので、我慢してでも休み休み、ぼちぼち活動を続けるのですよ。

働き者が休むのはつらい。でも、「焦らない、頑張らない、無理をしない」を念頭に、肩の力を抜いていきましょう。

生活は、空《むな》しくない程度スローペースに。息抜き程度の仕事や用事を作って、日々を穏やかに過ごすのです。たまに『美ST』など美容院で読みますと、ミス美魔女《びまじょ》さんたち（独身の四十代美魔女）が、「こんなに楽しくってごめんなさい！」と、そのお忙しい私生活を誌面披露していますが、よい子のみなさんは真似をしないでくださいね～。

スケジュールをぎっちぎちに詰めて、ハイテンションで生活するのは、四十代にはきつすぎます。まぁ個人差があるので、そういうバリバリの女性もいるかもしれませんが、もうそうなるとやはり、「美魔女」という名がふさわしい、お盛んな方ですよね。

フツーの人が真似をして体を壊しても仕方がありません。何より大切なのは、健康ですから。

合コンに行っても、立食パーティだったら「食ったらすぐ帰る」、ぐらいのあきらめ根性がないと、健康は保てません。そんなにモテる必要もないし、頑張って輝く必要もない。とにかく疲れないのが、ご機嫌でいる秘訣ですからね。

3 隙間ヒーリングで、心にも潤いを

爪や手肌のケアで女心を満たして

四十代になってから重要だなぁと気づいたのは、指先と足のケアです。三十九歳で高年齢出産した私は、四十代突入と子育てが同時進行で、自分のことをかまってあげる余裕がまったくなくなってしまった時期がありました。

なりふり構わずというのはあのことで、毎日をすっぴんジャージで過ごし、子育てと家事と仕事に追われる毎日。初めてベビーシッターに子どもを預け、夫の事務所に間借りして原稿を書きに行ったエレベーターの中で、じっと我が手を見て愕然《がくぜん》としました。

マジでぼろぼろだったのです。なんだか自分が可哀想になって、それからは、原稿を書く前のメールチェックの間、数分間でも指先のケアをしてあげることにしたのです。欠けた爪やササクレ、小爪を爪切りや爪とぎで整え、速乾ネイルカラーを塗るだけで、心まで潤すことができます。

指先は、誰の目にもつかなくても、自分の目には常に入ってしまいます。手が荒れているのにも気づかない状態だったというのにも愕然としましたが、気づいてしまったときのショックも大きいものでした。

三十代までは、こんなに手が荒れることもなかったし、ネイルカラーを塗っていなくても爪は綺麗でした。だから特別にケアする必要もなかったのですが、四十代は違います。苛酷な毎日をやりくりしながら、心も大丈夫にしてあげるには、セルフケアが大切なのです。

爪や手肌が強い人は問題ないかもしれませんが、弱い人は、洗い物をするときはゴム手袋が必須です。特に冬場はお湯も使いますから、洗剤のせいだけでなく、脂分《あぶらぶん》が取られてしまいますからね。衝撃で爪も割れるし、ネイルカラーも剥《は》げます。

どうせ剥げてしまうのですから、丁寧に二度塗りなどはせず、剥げても目立たない色を塗っておくのです。透明のキラキラ入りや、薄いピンク、シルバー、ゴールドがオススメ。派手感もあり、剥げてもはみ出しても目立たない。気安く雑にさっと塗れ、それでいて指先がキラキラしていれば、遊び心も満たせます。

四十代でも体力的・時間的・経済的余裕のある方は、ネイルサロンに行ったり、自分でネイルアートを施したりしていますが、そこまで余裕がない人がほとんどでしょう。私は近所のコンビニで速乾ネイルを買って、適当に塗っていますよ。

それでも、塗っているのと塗っていないのとでは、心の潤いがぜーんぜん違うのです。このへんが、女心は何歳になっても満たしてあげないといけないんだなぁと実感するところです。透明キラキラネイルなら、剥げたところに重ね塗りしてもOK。わざわざネイルリムーバーで剥がして塗りなおす手間もいりません。

そして四十代終盤ではじめた、ちょっとした贅沢は、いいハンドクリームを使うこと。それまでは、ボディローションでも何でもよかったのですが、老化が進んでくると、やはりハンドクリームのほうが荒れた手肌には効くのです。

今ではオーガニックで質のよい、オシャレな海外のものもいろいろ出てますので、ちょっとお高くても、心に塗る薬と思って買うのです。千円ぐらいのお手頃なものは自分で買って、数千円もする高級なものは、母の日のプレゼントなどに買ってもらいましょう。独身であまり家事をしない方は、お母さまに買って差し上げてもいいかもしれません。

ジャスミンやローズなどの香りものは、癒し効果もありますので、更年期世代にはありがたいものです。

家にいる時間が長い方は、キッチンやテレビの前、パソコンの前などの各所にハンドクリームや速乾ネイルを置いておき、隙間ヒーリングできるようにしておきましょう。ケアしてもすぐ荒れるのが指先です。まめに時短で臨むのです。

お風呂で全身簡単セルフケアのススメ

足はまた別物で、目につきづらいだけに忘れ去られがちなところ。気がつくと、足の爪が鬼のように伸びていて、乾燥して割れ、靴下が引っかかって初めて気づいた、なんてことも冬場にはあります。

踵《かかと》の角質も同じく。「ウンショ！」と重い腰を上げなければケアできない状態にしておくと、サンダルのシーズンになってから慌てても、取り返しのつかないことになっているかもしれないのです。私も一度、ヒビの入った鏡餅のようにしてしまい、これはなかなか、ヒビが取れるまでに時間がかかることを知りました。

脛《すね》毛や足指のムダ毛も同じく。年をとると体毛も薄くなってきますから、若い頃ほどはケアしなくても大丈夫なのですが、それでもたまにストッキングをはいたときなどに、ムダ毛がぴょろろんと見えるのは女性として不快ですよね。もう、男性から見られてどうという年でもないですけど、「自分的にどうよ？」と思った場合には落ち込みます。

四十代には、たまにエステを予約して大枚はたいて赴くより、お風呂にすべて設置しておくセルフケアをオススメします。

簡単にお風呂で使える足の踵のスクラブ、フェイススクラブ、レディースシェイバーさえ置いておけば、気づいたときにちょこっとケアできるし、重い腰も上がりやすいはずです。

私はマヌカハニーのフェイスパックと、洗い流せるクレンジングミルクと、歯磨きセットもお風呂に置いておき、すべてを入浴中に済ませることができるようにしてあります。お風呂以外ではやることがいっぱいありすぎて、ケアしている時間もありませんからね。湯船であったまっている時間は暇ですから、いろいろにあてられます。

ほったらかしにしておいて、たまに見て愕然とするより、まめに簡単ケアをしておいたほうが無難なのです。

お風呂上がりにはまず爪先と踵からオイルを塗って、それをひざ下まで伸ばし、膝小僧までのマッサージをします。これを日課にしておけば、乾いた鏡餅みたいな踵や、粉吹いた足を見てショックを受けることもなくなります。

お肌の乾燥が進むと、かゆみや痛みの原因にもなりますから、ますます不快になりますよね。更年期の不快症状は、できるものから予防していったほうが無難です。

お風呂上がりのオイルマッサージを日課にしてしまえば、簡単足ツボマッサージもついでにできますから、一石二鳥。ホホバオイルなどのベースオイルに、イランイランやジャスミンなど、ホルモンバランスを整えるエッセンシャルオイルを混ぜれば上級です。

4 食はあれこれ試して、美味《おい》しく楽しく！

お年頃女子はタンパク質とビタミンBが必須

この原稿を書く前夜、タイミングよくテレビでうつ病の原因を特集していました。すると、心因性のものだけでなく、脳内ホルモンが不足することにより発症するケースも多いとかで、脳内ホルモンを作り出す栄養素の摂取が大切、と言っていました。

その代表格がタンパク質とビタミンBで、赤身の肉、まぐろ、かつお、うなぎ、卵、などがあげられていました。

まぁ精のつきそうなものばかりで、お年頃女子は特にこれらは避けるようになってくる食品群といえるのではないでしょうか。消化能力の衰えとともに、どうしてもさっぱり系に走りがちですからね。

でも私も、四十代で貧血による体力の衰えを自覚してから、これらの赤身系は意識して摂るようにしてきました。長患いの風邪（咳・微熱）を引いたときなど特に、薬だと思ってうなぎなどを食すのです。高いしいつもは嫌だし無理だけど、病中病後の特効薬と思えば安いもの。体の調子が悪いだけじゃなく、やる気が出ないときなんかも薬と思って食べたほうがいいかも、ですね。

ビタミンBは、女性なら生理前特に不足する栄養素です。それと、デスクワークなど知的労働者も不足しがちな栄養素。私も書き物をしていると、体を動かしてなくても必要以上におなかが空きますから、やはり、脳が栄養を必要としているんですね。

ビタミンBが不足すると口内炎になったり吹き出物ができたりもするので、バナナは常備しておきたいものです。私は無農薬野菜の宅配で毎週バナナは摂っていますよ。

それと、オーストラリアの朝ごはんの定番、ベジマイトです。八丁味噌みたいな味で、バタートーストに塗って食べるのですが、これが天然のビタミンBサプリ。醸造時に出る酵母エキスを元に作られる黒いペーストなのですが、慣れると美味しいし常温保存できます。

また、分子栄養学の先生に取材したとき聞いた話ですが、知的労働者はおなかが空いたら、お菓子じゃなくてゆで卵を食べるといいらしいですよ。確かに理に適《かな》っていますが、育ちざかりのお子様じゃないし、ゆで卵をおやつに食べるなんていやですよね。私もできませんが、卵は週二、三回食べるようにしています。

潤い成分のある食事でさらにリラックス

タンパク質だけでなく、潤い成分も、四十代で不足しはじめる栄養素です。私は四十九の冬に長患いの風邪を引き、漢方薬局にお世話になったのですが、そこの薬剤師のオバサンのアドバイスは、潤い成分の補給でした。

最初は朝鮮人参に潤いと清熱の薬効がある漢方薬を処方されたのですが、その後は、クコの実と豚肉をすすめられました。豚肉は角煮などでコラーゲンを摂取するといいとか。

クコの実は、特にパソコンなど使って仕事をする人の目の疲れを癒し、潤い成分で気管も潤してくれるのだそうです。疲労回復、免疫力強化、コレステロール値を下げる、アンチエイジング、美肌効果などもあるそうで、毎日少しずつ摂取すると、今後の体質改善も期待できると。

クコの実はスーパーの中華食材コーナーでも売られているので、誰でも気軽に摂れます。一番簡単なのは、クコの実七粒ぐらいに熱湯を注ぎ、ふっくらしたら食べたり飲んだりする「クコ茶」。大量に摂れば効果があるというものではなく、毎日少しずつ、長く続けるのがポイントだそうです。

とはいえクコ茶もだんだん飽きてきますから、中国茶に入れてみたり、デザートやサラダに入れてみたり、いろいろで楽しむといいですよ。

イソフラボンを補給するきな粉もそうですが、目につくところにガラス瓶などで保存しておくと、忘れずにちょこちょこ摂取することができます。食品棚の中に入れてしまうと、とんと忘れてしまう年代ですからね。

しょうがもそうです。テレビで見てスーパーウルトラしょうがを作り、食品棚に入れてそのままカビらせてしまったことがあります。

目につきやすいところに置く、というのも、食養生の大きなポイント。私はゴマ、バナナ、ベジマイト、ナッツ、マヌカハニー、プロポリスなどもテーブルの上など目につきやすいところに置いておきます。

夏場も冷たい飲み物で冷えてしまいますから、私はしょうがを薄切りにしてレモンと塩で漬け込み、冷蔵庫に入れておきます。すると、漬物代わりにちょこちょこ食べたり、漬け汁でソルティドッグにしたりして、気軽にしょうがの薬効を摂取できるのです。

お酒が飲めない人は、炭酸水などでバージン・ソルティドッグはいかが?

食養生は「飽きたらやめる」くらいの気軽さで楽しんで

漢方系の婦人科医に聞いた話ですが、薬剤によるホルモン療法も、サプリメントも副作用が心配なので、必要なものは日々の食事から摂取するのが一番だそう。高いお金を支払って気負って摂取するより、美味《おい》しく楽しく「食事」の中に取り込んだほうが心も満たせます。

私は子宮筋腫《しきゅうきんしゅ》が大きく鉄分サプリはどうしても必要なので、ドイツのサルス社の「フ*ローラディクス」を毎日朝夕摂っています。非ヘム鉄と果汁とオーガニックハーブエキスをブレンドした鉄分ドリンクで、それ以外は特別なものは摂っていません。

更年期対策のきな粉ヨーグルトはほぼ毎日、生理前の便秘には「いちごの約束」（オーガニック苺の酵素）を摂っています。

体内酵素も激減しはじめる四十代ですから、発酵食品も心掛けて摂取したいものですよね。味噌、醤油、漬物、流行の塩麹《しおこうじ》……醤油麹や醤油豆など、新しい食の発見もあり、楽しんで取り入れたいものです。

ポリフェノールは赤ワインに限ります。心身健康で生き続ける秘訣は、「楽しめること」と、「飽きたらやめる」ことです。

いくら健康のためとはいえ、苦行と感じるようなことを続ける意味はありません。ストレスが最大の敵ですからね、この年代は。

私も長年朝ヨガをやってきて、更年期もそれで乗り切るつもりでしたが、今ではたまにしかやっていません。ベリーダンスは楽しいので続いているのですが、それ以外はさっぱり……。

それより休むことのほうが大切に感じる今日この頃（五十歳）。マッサージ機に背中をゴリゴリさせながらシートパックをして十五分間の休憩♡を日中にも入れたりしています。あと『和みのヨーガ』ＤＶＤで簡単なセルフケアをすると、驚くほど体が緩み、もうなんにもしたくなくなるので、本当に疲れているんだなぁと自覚するのです。

そしたらもう、夕方から酒飲んでテレビ見て、だらだらするしかないですよね。もう隠居老人の世界です。みなさんも四十代の十年間で、そこに行きついてくださいね。

＊「フローラディクス」
ドイツの自然健康食品メーカー・サルス社の鉄分ドリンク。輸入代理店は㈱フローラ・ハウス。
http://florahouse.co.jp/product/floradix/

5 「子どもよりも自分が大事」と思ってもいい

誰もやりたくないことをあえてやる必要はなし

NOと言えない日本人がうつ病大国ニッポンを作ったと私は思っているのですが、みなさんはどうですか?

冷たい人だと思われても、嫌われても、無理強いをする人の言うことを聞く必要はないと思うのですが。その方がわがままで思いやりがないだけで、できないことをできないとハッキリ言うアナタに非はないと思うのですが……。

誰もやりたくないことを一手に背負い、頑張り続けた結果、壊れてしまった人もいるのではないでしょうか。会社しかり社会しかり、子どもの学校関係にしても家庭における家事・育児にしても、やりたくないことを人任せにする横暴がまかり通っています。

一番傲慢《ごうまん》な人は、指示だけして自分は何もしない人ですよ。フェアーな精神さえ忘れなければ、みんなが無事なように配慮しながら、助け合って自分も働くことができるのですが。

でも、そんな横暴な人のことを考えても憂鬱なだけだし、被害者意識を持ち続けても不幸なだけなので、まずここは忘れましょう。そして、野暮用を言いつけられても、なんだかんだと言い訳を作って、するすると逃げるのです。嘘も方便です。ハッキリ断ると角が立ちまくり、逆恨みされるのがオチですから、暖簾《のれん》に腕押し的にするすると。

真面目で一生懸命の人は、「そんなことできない！」とお思いでしょうが、みんなの期待に完璧にそうことは正直いってどんな人にも無理です。そして、できないことをすまないと思う必要もありません。

私はコミュニティサロンを主宰し、ワークショップやセミナーもやっているので、参加する多くの方たちの話を聞いていると、いい人すぎて壊れてしまったケースが、後を絶たないのです。

本の読者からお悩みのメールやお手紙もいただきます。みなさん、もうちょっと肩の力を抜いて、自分勝手に生きられたら、心身の健康を保てるのになあ、といつも思います。

特に四十代は、ホルモンのバランスが本当に悪くなるので、自身の健康を守ることが最重要課題です。自分の器《うつわ》を知ることが大事です。

体力も気力も能力も、個人差があるのです。誰かと自分、また、世の中の「普通」とか平均値など気にしないで、自分にはできない、と思ったらしないことです。誰になんと言われようと、それはその人の「当たり前」であって、できないもんはできないのですから。

子どものためにも自分を守って!

子どものために頑張りすぎて壊れる人もいます。私も高年齢出産で子どもを持ち、初めて知りました。子ども可愛さに、ついやりたくもないことをやってしまう。野暮用も引き受けてしまうという経験が、親なら誰しもおありでしょう。

でも、このお年頃に関しては、子どもより自分を守ってください。子どものために自分が壊れてしまったら、子どもの世話は誰がするんですか。一番大切なのは、清潔な住環境を保ち、自分も含めて家族が栄養のあるものを食べ、日々休息、活動することなのですから。それ以外に大切なことなど何もない、と言っても過言ではありません。

子どもも成長した有閑《ゆうかん》マダムならば、それ以外のこともいろいろできるでしょうが、更年期の最中は、自分のケアで追われることでしょう。

志は高くても、健康で生きてさえいれば、この心身ドタバタが終わった頃に、人助けや社会的活動がまたできるかもしれません。夢は先延ばしにして、閉経前後の十年間は休みましょう。

あんまりにもいい人は、自分勝手に生きるということがわからないかもしれません。

日本では「気分屋さん」は嫌われますから、自分のテイストや好き嫌いを持つことは禁じられて育っていますからね。

でも、よーっくご自分を観察してみると、どこにいるとき、どういう状態でいるときが機嫌よく、楽しくなり、どういうことをしているときが機嫌悪く、ムカついて来るかわかるでしょう。そこを見逃さないことですよ。

自分がご機嫌になれる場に身を置こう

更年期は、たやすく落ち込み、機嫌が悪く、悲しく無気力になりがちです。だから、心して自分が楽しくなれることをし、機嫌がよくなる場や状況に自分を置き、つまらないと感じることはせず、落ち込んだりムカついて来る場・状況には置かないことです。

つまり、わがままになっていいのですよ。みんなに嫌われても、自分を守るのは自分しかいませんから。家族や親しい人の思いやりや、優しい計らいなど期待しても、裏切られてムカつくだけです。

家族や親しい人もみんな自分のことでいっぱいいっぱい、人を思いやる余裕などありません。同世代ならば、みなさん更年期ですからね。男の人だって、男の更年期があるのです。生理がなくても、心身に不調が現れます。繊細で、敏感体質の人ならなおさらでしょう。

もう理屈で考えて、「こうあらねば」「こうすべき」と、よりよくなるため、よりよく生きるために頑張りすぎるのはやめましょう。いや、この時期は、といったほうがいいかもしれません。この、ホルモンバランス悪《あ》しき嵐のような時期をなんとか無事にやり過ごせば、また頑張れるのですから。先輩諸氏はみなさんそうおっしゃいますよ。

四十代は務めて、自分が気持ちよくなれることをし、楽しい時間を過ごし、憂鬱になるような野暮用は避けてください。まぁ、免許書き換えとか、どうしてもやんなきゃなんないことは仕方ないですけどね、はい。私なんか子どもの病院も最近じゃ付き添いませんよ。花粉症ぐらいで近所の小児科なら、一人でも行けますからね。

もちろん子どもは付き添ってもらいたがりますが、「私が付き添ったら、夕飯は誰が作るの？」と聞けば、付き添えないのがわかる年になりました。夕方病院に付き添って、インスタント食べたらそのほうが健康に悪いですからね。

親が子どものためにやりたくないことをして不機嫌になったら、そのほうが子どもにとっては不幸です。他の家族に関しても同じことがいえるでしょう。友人・知人にしてもそうです。みなさんそれぞれご機嫌に過ごせれば、それぞれが心身の健康を保ち、健康保険料の負担も減るのではないでしょうか。

6
自分が一番のヒーリングドクターである

ハーブティで「癒しタイム」を作ろう

四十代はセルフケアが最も大切な時期です。三十代までは、不調や心の不安を誰かになんとかしてもらうべく、アポ取りして出かける元気がありますが、四十代の十年間ではそれも消失していきますからね。

出かける元気、アポ取りする気力なきことには、自分で、自宅で、なんとかするしかないのです。今はインターネットでなんでも検索できる時代だし、アマゾンで何でも手に入るので、民間療法を誰でも気軽に試せます。更年期の不定愁訴《ふていしゅうそ》には食事療法、漢方、ハーブが案外効きますので、試してみてください。

私もいろいろ試してきましたが、段階によって効くものが違ってきますから、一概にコレ、とオススメはできないのですが、人によっては「命の母A」が意外と効いた、なんていう話も聞きました。漢方由来の、日本の伝統的更年期薬ですよね。その人は冷え性がよくなったとか。

私はホメオパシー、ハーブティ、漢方とさまざま試してきました。四十代前半のプレ更年期症状にはホメオパシーが効きました。が、後半になるとまったく効かなくなり、ここで一度ピルによるホルモン療法をしてみたのですが、副作用がひどくてすぐやめました。

今は、更年期ブレンドのハーブティを生理日以外のときにはまめに飲んでいます。更年期症状を改善するハーブのブレンドですが、ネットで検索すると出てきます。いろいろ試してみて、効くものを飲むことをオススメしますが、めんどくさくない人は単品のハーブを購入して、自分でブレンドしてもいいかもしれません。

代表的なハーブは、セントジョーンズワート（メラトニンの生成を高め、不眠に効果あり）、チェストベリー（ホルモンの正常化）、ベルベーヌ（気分を穏やかにする）、セージ（発汗、のぼせを軽減）、パッションフラワー（イライラを軽減、リラックス効果）など。これにミントやラベンダー、カモミールを混ぜれば飲みやすく、見た目もキレイに。

私は面倒なのでブレンドティを購入していますが、やはり薬効が高いのは、オーガニック素材で作られたもの。輸入品になるので少々お高めですが、同じ金額でピルを買うよりずっといいと思います。

化学薬品は副作用が心配なのと、体全体の免疫力を低下させるので、摂らないにこしたことはないですからね。

私が最近試してかなり効果があると思ったのは、パッションフラワーのハーブティ。セントジョーンズワートと同じぐらい、不眠には効果がありました。だいたい、飲んで三十分ぐらいで眠くなるので、夜中に目が覚めて眠れないときなどのお助けハーブです。「Nighty Night」という名前でアメリカンファーマシーでも売られています。やはりお困りのお年頃女子が多いらしく、売り切れていることもしばしば。

自分好みのエッセンシャルオイルでイライラも解消！

ハーブティもさることながら、エッセンシャルオイルの力も四十代に実感しました。更年期のイライラや生理前のひどい肩こり・片頭痛に、イランイランを混ぜたベースオイル（ホホバやアーモンドなど）で肩をマッサージし、こめかみを押すと香りの効果もあり、瞬時につらさが軽減するのです。

イランイランやジャスミンは、ホルモンバランスが悪くない三十代までは嫌いな香りでしたが、四十代では大好きな癒しの香りとなりました。

ホルモンバランスが崩れた際によく使われるエッセンシャルオイルに、ゼラニウムやクラリセージがありますが、これらは独特な匂いで、今でも好きになれません。やはり、なじみやすく「いい香り」と感じられることが大切だと思います。

至福感を高め、落ち込んだ気分を宥《なだ》めるローズ、マンダリン、オレンジ、ネロリも大活躍。ボディローションやハンドクリーム、香水やルームスプレーにも、これらの香りが入っているものを選ぶと、まんま更年期対策になります。肩こりはニアウリバームや、アルニカオイルでマッサージするのも◎。

更年期症状の実感として、必要以上に緊張が心身に入り、イライラしたり眠れなくなったり、肩こりだけでなく体全体のカチンコチンで不快や痛みに悩まされるのです。妙に眠かったり、逆に全然眠れなかったり……体全体は凝り、頭はハイテンションか、場合によっては無気力に悩まされるでしょう。

私が四十代で学んだのは、とにかく休むこと。自分を休ませる術です。

それにはまず、心身を緩ませること。家事も事務仕事も、前傾姿勢で体を酷使しますから、固まった体をほぐすだけで、安眠でき、休めもできるのです。

三十代ではサロンに通いプロにマッサージしてもらっていましたが、四十代はセルフケアに目覚めました。なにしろ、どこにも行かなくて済むし、自分で自分を癒すことができるのですから、一番楽だしお金もかからないのです。

セルフケアのグッズで最近はまったのが「かっさ」。中医学の伝統技法なのですが、クリスタルの板で経絡に沿ってこするのです。首筋の疲れを取り、顔色もよくなりますから、仕事が終わったら必ず後ろの首筋をごしごしやっています。

前傾姿勢で固まった胸を開くのにはストレッチボール。柔らかいボールを肩甲骨の間に置き、仰向けに寝転ぶだけなのですが、これだけで驚くほど緊張が取れ、楽になるのです。そのまま一瞬寝てしまうこともあります。ストレッチボールはいまどき百均でも売られていますから、試してみてください。

あとは「自分ドクターストップ」をかけること。家事も仕事も、もっとやりたくてもほどほどのところでやめ、休むこと。横になってごろごろしながら、ホームドラマでも見ることですよ。

自分のことを一番よくわかっているのは、自分です。自分を癒す最高のドクターは、自分なのです。

7 「今、この瞬間」を寿《ことほ》ぐことが幸せに生きる極意

人の価値は「その人らしさ」にある

四十代は、まだ若く、なのに加齢が顕著になってくるので、自分自身にショックを受ける時期です。ホルモンバランスも悪く、頭で考えたことと現実、そして肉体的なギャップを感じると、必要以上に落ち込んでしまったりもします。

私も十年間、いろいろ苦しみ、もがきました。でも、今振り返ってみると、まだまだ若かった。若いからこそ、贅沢な悩みに胸を苦しめることも、親しい人と喧嘩《けんか》することもできたのです。その体力、気力がまだありました。

これが五十になると、もうそんな贅沢はできないなと実感します。いや、体感といったらいいでしょうか。もっとこうありたいとか、こうあるべきなんていう理想を追い求める余裕はなく、ただ日々を生きるしかなくなってくる。

そしてそれでいい、それでこそ幸せを実感できるのだとわかるのです。

三十代の初め頃、シャーリー・マクレーンの本を読んで、「犬や猫が悩みますか？　悩みませんよね。だから、何歳になっても、死ぬまで可愛くいられるのです」

というくだりで、「そりゃ、人間は犬や猫じゃないからね」と思いました。でも、限りなく犬や猫のように生きられたら、どんなに幸せで、死ぬまで可愛く、健康でいられるでしょう。

四十代前半では、独身の方はいい人が現れたら結婚したいと思っているし、既婚者も、夫との関係やセックスレスに悩んだりしているかもしれません。美魔女という言葉があるとおり、自然の加齢を受け入れず、ホルモン療法や美容外科的処置をしてまで、年をとらない決意で頑張っている人もいるでしょう。

でも、結婚ばかりが人の幸せでもないし、何歳になってもセックスをしている人が素敵とも限らないでしょう。喧嘩ばかりしている夫婦でも、セックスだけはしているというケースもありますからね。私はセックス＝愛とは思いませんが、それで安心する人もいます。

これぱかりは、個人差があるので、一概にはなんとも言えないのです。

五十の大台に乗った私の実感として、「体調がよいのが何よりメデタイ！」と思います。それ以上に大切なことなんて、何もないとすら感じます。体調が悪いとどんなに嬉しいことが起こっても楽しめないし、ほぼすべてのことがつらく悲しく感じられてしまいます。

元気で楽しそうに生きている人を見ると、恨みすら込み上げてくるでしょう。

そしてこの時期は、心身の調子を良好に保つのがすこぶる難しい時期であり、かつ、大切な時期でもあるのです。だから心身の調子を崩してまで、何かのために頑張っている人を見ると、「そこまでする必要があるのかな?」とつい思ってしまいます。命を懸けて守り通した○○、みたいなのが、美談として語られるのが常ですが。

もちろん、女性なら、ある程度は美しくある必要があります。そのほうが自分も心地よいし、周囲も気持ちよく、大事にもされますからね。

でも、必要以上に、綺麗でいることもないのではないでしょうか。無駄にキレイでも、よからぬことを人は考えがちですからね。ある程度オバチャンなほうが、周囲を安心させます。

年をとれば誰でも「味わい」のある人になっている

よく、四十代にもなって私なんか何者でもない、とか、結婚もしてない、子どもも産んでないと、ご自分を卑下《ひげ》する発言を聞きますが、それじゃ、いけないんでしょうか? 健康で、生きているだけで十分だと私は思いますが。

昔は寿命が短かったので、四十代はもう隠居、五十という年には他界していたわけですしね。もし今、健康で生きていて、少しでも家族や世の中の役に立てていたら、万々歳だと自分を褒めてあげるべきではないでしょうか。

まぁ、人それぞれ価値観は違うので、「私はこう思う」としか言いようがないのですが、私は、人の価値は、「その人らしさ」だと思います。

ロータスというコミュニティサロンを持ち、数多くの方にお会いして一緒に時間を過ごすようになり、それを確信しました。

人は知り合うと、誰でも個性的なのです。何十年も生きているとそれぞれに味わいがあり、それを知ると嬉しくなるのです。

その人がそこにいた奇跡を共有し、味わう。それこそが生きる喜びであり、価値なのではないでしょうか。生産性とか、達成感などなくても、誰かと会ってお喋りして、踊ったりご飯食べたりして、楽しかった、面白かった、嬉しかった、驚いた、それでいいのではないでしょうか。

今日元気で生きていなかったら、それすらもできません。誰かに会うために出かけて、お互いの笑顔が見られることに感謝し、喜ぶべきなのです。それ以上のこと、踊る、学ぶ、運動する、働く、なんてことができたら、それはもうご自分も人も褒めてあげていいのです。生きていることを寿《ことほ》ぎましょう。

もう、凝り固まった価値観で人を批判したり、世の価値観で自分を卑下したりするのはやめて、日々を心地よく過ごすことに終始してください。そしてそれによってしか、このホルモンバランス悪しき四十代は、心身健康に生きられないのですよ。

今この瞬間は、神様からのプレゼント！

私は三十三歳の子宮筋腫発覚以来、幸せに生きる方法や健康法をさまざま研究してきました。

そして、あらゆる宗教家やニューエイジの人たちが口を酸っぱくしていう、幸せに生きる極意「今ここに生きる」を、今やっと会得《えとく》した気がしています。

ここまで二十年近くの歳月が流れましたが、肉体が悩むことに耐えきれなくなって初めて、できるようになったということではないかと思います。

「Present is present（今この瞬間は、神様からのプレゼント）」と、ピラティスの先生のTシャツ（カリフォルニア土産《みやげ》）に書いてありましたが、まさにそのとおり。今、どこも痛いところや具合悪いところがなく、平静でいられたら、それがまさに「幸せ」というものではないでしょうか。

よく眠れて○、スッキリ排便できて◎、ごはんが美味しく食べられたらもうハナマルです！

既婚者は、夫がちっとも帰ってこないことを憂うよりは、気兼ねなくオナラができる環境を喜びましょう。独身者は、配偶者や子どもがいないことを悲しむより、好きなだけ好きなことができる生活をラッキーだと思いましょう。

ちっちゃなことでもいいから毎日お楽しみを見つけて、ウキウキわくわくホルモンを製造して生きていきましょう。微量でもいい、ないよりマシですよ!

あとがき——40代はうまく年をとっていくための10年間

この本は、長年のつきあいであるフリー編集者・初鹿野剛さんの発案で、さくら舎の編集者・三浦千裕さん担当ではじまりました。

三浦さんは新婚で、三十代。自分が四十代になったらどうなるのかという、不安と恐怖でいっぱいでした。特に、今の夫との関係が、年をとり、年月を積み重ねることによって、壊れてしまうんじゃないかという不安。羨ましい限りです。

初鹿野さんは四十代で夫婦共働き。三人のお子さんを育てながら自宅で仕事をする育児パパ。家事、子どもの世話・教育までを一気に引き受けながら自宅で仕事をしているという、まるで私みたいな人なのです。男だけど。

風水師・林秀靜先生の紹介で知り合い、四十代は先輩パパとしていつも子育ての経験談を聞かせてもらってきたし、夫婦関係の悩みも仕事の悲喜こもごも、いろいろ話せるいい友達。美味しいスウィーツや食材にも詳しいし、男性でもバランスよく女性性を持っている人は、中性化した大人女子も仲間としてつきあいやすいですよね。


「年をとっても頑張りすぎてるのって、ちょっと痛くない？」

「頑張らないでうまく年をとるほうが贅沢でない？」

という初鹿野さんのアイディアではじまったこの作品。打ち合わせの際、三浦さんは、

「年をとっても夫婦睦まじく、素敵なカップルって日本では珍しいですよね。横森さんちはどうなさっているんですか？」

と、マジで聞かれました。自分が四十代前半の頃なら、

「うちゃ七夕だから」

なんて、頭かきかき言ったところですが、今となっちゃあ、

「えっ……（絶句）」

みたいな。

エグすぎて内情は話せないぐらいというか、自分でも呆れてものも言えないというか。

夫婦関係は、どちらかがうまく年をとっているだけではダメなのです。双方がうまく年をとってこそ、いい関係を何十年も続けられるものです。

途中でどちらかが痛い人になってしまった場合、もしくは、開き直ってすんごいオジサン、オバサンになってしまった場合は、まぁ一般的に、「亭主元気で留守がいい」の世界

になってしまいますよね。

この本のゲラを読んでいたとき、ちょうど中学の同級生が久しぶりに会おうと言うので、ホテルニューオータニのプールに誘ってもらいました。二十四歳と高一の二人のお嬢さんを連れてくるとのことで、会えるのを楽しみに、私も娘を連れていったのです。

あちらも家族全員で行動することはもはやなく、うちも夫は仕事なので来られず、女子会的な集まりになったわけですが、これはこれでお喋りに花を咲かせることができて楽しかったです。

すっかり娘らしくなった初々《ういうい》しいお嬢様方にも惚れ惚れしたし、苦労して子育てしても、わが娘のこういう姿もやがて見られるのかと思ったら、胸が熱くなりました。

娘はお姉ちゃんたちに遊んでもらっておいて、プールサイドで五十になった同級生同士がガールズトーク。中学の同級生とはいえ、大人になってから杉並の母の家の近くに住んでいたので、旦那様にも、上のお嬢さんが赤ちゃんのときにも会ったことがあるのです。

あれから二十四年——。

「生きてくのって大変だよね~」と、過去にあった苦労話をしながら、私はモヒートを飲み、彼女はかき氷を食べていたのでした。

いろいろあるのは、人間なら当然のこと。順風満帆《じゅんぷうまんぱん》に見える人だって、口にはできない苦労を抱えているものです。

でも、五十になった私は思います。そんなこと、あんなことより、自分を含めて家族が健康で、こうやってみんなでプールに入れたりする「今」が幸せでなくてなんだというのでしょうか。

これこそが、この本で私が繰り返し言いたかったテーマなのです。

「今」の幸せを味わい尽くすこと。あれやこれやが気になって「今」に集中できないことぐらい、もったいないことはありません。命を粗末には扱わないことです。

ラブラブな方ならなおさら、その甘い幸せを今、味わい尽くしておくことですよ。

本を買って読んでくださった方も、ありがとうございます。皆様のおかげで私も、「今」を楽しんでいられます。

この本が少しでも皆様の「今を楽しむ」生活のお役に立てるよう、心から願っておりますよん。

著者略歴

作家、エッセイスト。一九六三年、山梨県に生まれる。多摩美術大学卒業。『ニューヨーク・ナイト・トリップ』で作家デビュー。代表作『ぼぎちん バブル純愛物語』はアメリカ、イギリス、ドイツなどで翻訳出版されている。現代女性をリアルに描いた小説と、女性の生き方をテーマにしたエッセイに定評がある。また、主宰するコミュニティサロン「シークレットロータス」で「ベリーダンス健康法」の講師としても活躍。
著書には、ベストセラー『40代♥大人女子のための〝お年頃〟読本』（アスペクト）、『40歳から輝く女、くすむ女』（ＰＨＰ研究所）、『横森理香の「もしかして、更年期⁉」』（祥伝社）などがある。

40代《だい》お年頃女子《としごろじょし》のがんばらない贅沢《ぜいたく》な生《い》き方《かた》

二〇一三年一〇月一〇日　第一刷発行

著者　横森理香《よこもりりか》
発行者　古屋信吾
発行所　株式会社さくら舎　http://www.sakurasha.com
東京都千代田区富士見一-二-一一　〒一〇二-〇〇七一
電話　営業　〇三-五二一一-六五三三　ＦＡＸ　〇三-五二一一-六四八一
編集　〇三-五二一一-六四八〇
振替　〇〇一九〇-八-四〇二〇六〇

装丁　アルビレオ
イラスト　もと潤子
印刷・製本　中央精版印刷株式会社

ISBN978-4-906732-52-4